JN082146
性悪天才幼馴染との勝負に負けて
初体験を全部奪われる話
Goodbye,
my first experiences.

吉沢わかば よしざわ わかば
勝ち気で負けず嫌いだが、友達思いな女子高生。
なんでもできる小牧に勝ちたいと願い、
小さい頃からよく勝負を挑んでいた。
梅園小牧 うめぞの こまき
なんでも一番の優等生。
男女ともに人気の美人で人当たりもいいが、
わかばの前では態度が変わり——？

「目、瞑って」

性悪天才幼馴染との勝負に負けて初体験を全部奪われる話

犬甘あんず

角川スニーカー文庫

23920

性悪天才幼馴染との勝負に負けて

初体験を全部奪われる話

目次 contents

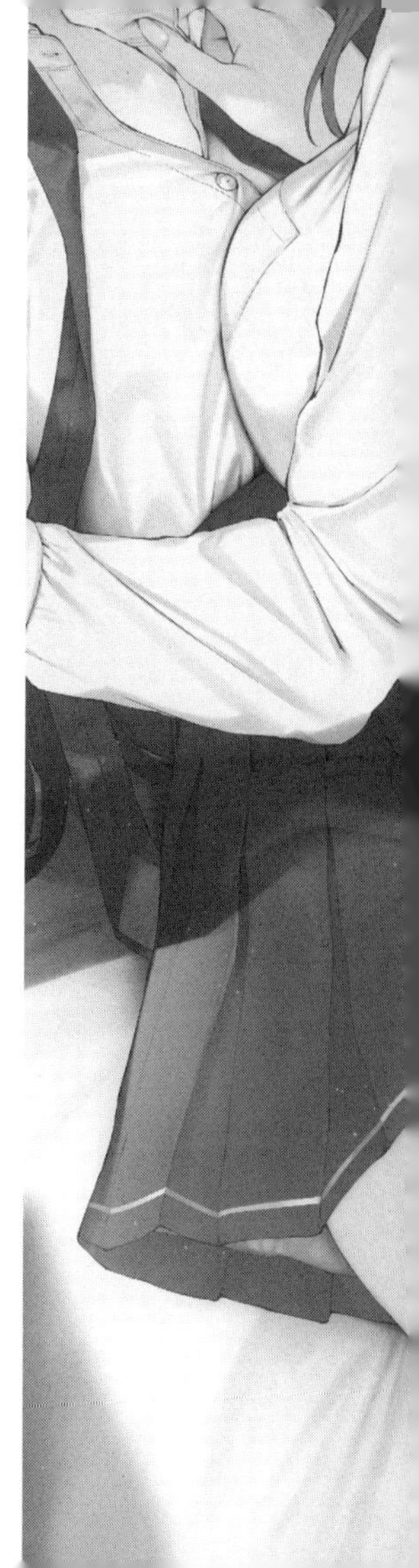

illustration:ねいび

design work:伊藤ユキノブ+青木翔太（RICOL）

プロローグ

嫌いなものを三つだけ消してあげると言われたら、私は多分、戦争と貧困と、梅園小牧を消してほしいと願うだろう。

梅園小牧。

傍から見れば、彼女は完璧な人間だ。

性格良し、運動神経抜群、成績もいいときた。非の打ちどころがない美人だなんて誰かが言っていたが、実際、小牧に告白する男の子は跡を絶たない。

だけど、皆小牧の本性を知らないのだ。実際の彼女は顔の良さに反比例して性格が恐ろしく悪いし、悪辣で、まん丸の瞳はいつも人を見下している。

今だって、ほら。

「ねえ、まだ？」

机に腰をかけて、彼女は私を見下ろしていた。偉そうに足を組んで、つま先で私の肩をつんつんと突いてくる。私は唇を固く引き結んで、不満の意を示した。

「何、その顔。勝負に負けたのはどこの誰だったかな」

意地の悪い声で、彼女はそう言った。ドラマで見たパワハラ上司が、こんな口調をしていたのを思い出す。

確かに負けた。

今度の中間テストの点数で勝負をしようと言ったのは私で、「負けた方は勝った方に尊厳を捧げる」という条件をつけてきたのは小牧だ。

「早くしなよ、ほら」

小牧は自分の唇に人差し指を添えた。カラーリップで潤った唇は柔らかそうで、キスしてみたいなんてクラスの男子が言っているのを聞いたことがある。同性の私から見ても小牧の唇は魅力的だけど、キスしたいだなんて思ったことはない。

いくら美人でも同性は同性だし、何より小牧は性格が悪い。

「わかばが、自分の意思で、私にキスをして。……できないとは言わせない」

「わかってる。気安く名前を呼ばないで」

小牧が尊厳なんて言葉を持ち出してきた時点で、ろくでもないことが起こるだなんてわかっていた。わかっていても、今度こそ勝てると思ったから勝負したのだ。

でも負けた。完膚なきまでに。合計十点の差。それは多分マリアナ海溝よりも深くて、埋めがたい差なのだ。

ここで私が約束を反故にして逃げ出したら、明日から学校に私の居場所はなくなるだろう。小牧だったら絶対そういうことをする。

でも、キス。ファーストキスだ。この十五年ずっと大事にとっておいた、ファーストキス。単にする機会がなかっただけとも言えるけれど、小牧なんかにあげていいものじゃない。

「目、瞑って」

「敗者が勝者に命令？」

底意地の悪い言葉に、息が詰まる。

こいつはどうしてこんなに余裕なんだろう。小牧のことだから男を取っ替え引っ替えして、初体験なんてとっくに済ませている、のだろうが。

それでも、私の尊厳を踏みにじるためだけに自分の唇を差し出すなんて、全く意味がわからない。キスを罰ゲームにしていいのは、恋人同士だけだ。不本意ながら私たちは幼馴染だが、決して恋人ではない。でも、小牧には常識は通用しないとわかってもいる。

私が男だったとしても、彼女とだけは恋人になりたくない。

梅園小牧ファンクラブの男子たちにも伝えたい。こやつは性格最悪で、私が苦しんでいる様を見て楽しそうにする女だって。そんなことを言ったって誰も信じないだろうけれど。

「いい。私が勝手に瞑るから」

私は椅子に上って、少し背筋を伸ばした。キスしようとしても小牧は机から降りようとしないから、仕方なく彼女の肩よりも少し下の辺りに手をやって、自分の体を支えながらその端整な顔に近づいていく。

さらば私のファーストキス。後は野となれ山となれである。

私は目を瞑って、記憶しておいた彼女の唇の座標に自分の顔を合わせた。

ちゅっと音がする——わけでもなく、ただ静かに唇が触れ合う。ぷるぷるしていて、生物としての温もりを感じる。不思議な感覚だった。昔好きだった先輩とキスする妄想をしたことがあるが、妄想の中の先輩の唇はこんなに柔らかくなかった。

完璧に、完全に、百パーセント女の唇。でも、私とは違う。私の唇はこんなに柔らかくないし、温かくもないと思う。

目を瞑ったのは失敗だった。視界が塞がれていると他の感覚が鋭敏になるのか、嫌でも小牧を感じる。柔らかな唇の感触。シャンプーなのか香水なのかわからない、甘やかな香り。

最悪、最悪、最悪。

心でそう叫んでも、小牧から与えられるものは全部が心地好くて、身を委ねてしまえなんて私の中の誰かが囁いてくる。

「……ねえ」

どこか苛立った声が聞こえた。何かと思っていると、次の瞬間、両手で頭を抱えられる。

「……むっ⁉」

そのまま強引に唇を割って、舌が入り込んでくる。柔らかくて適度な弾力を持った舌が別の生き物みたいに私の口腔内を自由に動き回る。上顎を擦ったり、歯茎をなぞったりしたかと思えば、歯の裏側をそっと撫でた。

ありえない、と思う。

ここまでするなんて、やっぱり小牧はおかしい。私は小牧の背中を叩いたが、解放される気配はない。

抵抗は無意味だと悟り、私は力を抜いた。

さくらんぼの茎を舌で結べるとキスが上手なんだって。そんな話を友達としたことがあるが、それが本当なのだとしたら、きっと小牧は結びたい放題だろう。現実逃避気味にそう考えていると、それが気に入らないのか、小牧に鼻を塞がれる。

殺す気か。

思わず体をバタつかせて抵抗するも、そのせいで息が切れて、余計に苦しくなる。必死に息をしようとすると、小牧の匂いが鼻腔に満ちた。

心は小牧への恨みでいっぱいになって、体は小牧の匂いでいっぱいになっている。そんな調子だから、私自身がどんどん小牧に侵食されていって、自分が誰なのかもわからなくなりそうだった。

しばらくしてようやく唇を離される。私はすぐに顔を背けて、深呼吸をした。

「最っ低！　普通、ここまでする!?」

私のファーストキスは終わった。

多分、これから先何人、何十人の相手とキスをしようと、今日のことは忘れられないと思う。

「するでしょ。わかばは私に尊厳を捧げたの。わかばの尊厳はもうないのと同じだから、私に何をされようと拒めないし拒む権利もない。わかる？」

小牧は両足で私の首を挟む。このままきゅっと首を絞められてもおかしくはない。小牧ならやりかねない。私は背中に汗が滲むのを感じた。

「覚えが悪いわかばにはわかんないか」

小牧の方を見ると、目が合った。明るい茶色の瞳。その中には、嗜虐的な色が見える。

「じゃあ、こうしよう。これから一回でも私との勝負に勝ったら、わかばの尊厳を返してあげる。でも、わかばが負けたら、その時は一個ずつ、わかばの大事なものをもらう。どう？」

どう、ではない。それはもう聞いているのではなく命令しているのと同じだ。拒む権利なんて最初から私にはない。勝負を受けなければ、今日のようなことを小牧の気まぐれでやらされてしまうのだ。なら、勝つしかない。

私は一瞬、底なし沼に両足を突っ込んでしまったかのような錯覚をした。それが本当に錯覚だったかは、多分、そう遠くないうちにわかるのだろうと思う。

私は小牧を睨みつけた。

「わかった。受ける」

小牧はにこりと笑った。それは傍から見れば天使の笑みで、私の目には死神か何かの微笑みに見えた。

「よろしい。素直なわかばは好きだよ」

彼女は嫌がらせのように何度も私の名前を呼ぶ。私はその度に彼女を睨むが、効果はなさそうだった。

大体、何が好きだ。人の尊厳を奪っておいて、偉そうに。胸がムカムカするけれど、今の小牧に何を言ったって無駄だってことはわかっている。それはもう、痛いほど。

彼女は私の言葉に満足したのか、パッと足を離してくる。私は彼女から離れて、床に置いてあったバッグを手に取った。これ以上ここにいたらもっとひどいことが起こるかもしれない。

「わかば」

私は小走りになって、教室の扉に手をかけた。

後ろから声がかかる。思わず振り向くと、にこやかな表情を浮かべて小牧が私を見ていた。

教室の大きな窓から差し込んだ茜色の光が、彼女を祝福するように照らしている。私は息を呑んだ。この世ならざるものと相対したような、重苦しい威圧感で胸が苦しくなる。

小牧は、人間だ。人間なのに。私は目を逸らしたくなったけれど、逸らしたら負けな気がして、彼女をじっと見つめた。

「好きでもない相手とのファーストキスの感触は、いかが？」

鈴を転がすような声。私は耳を塞ぎたくなった。

「最低最悪。私が昔の人だったら切腹してる」

「その割には、気持ちよさそうな顔してたけどね。真似してあげようか？」

私の了承を待たず、彼女は蕩けた表情を浮かべた。頬が紅潮していて、目がとろんとなっていて、快楽で馬鹿になっているみたいな表情。演技で表情を変えられるなんて器用だな、と少しだけ思う。でも、それ以上に、私は羞恥と怒りで顔が熱くなるのを感じた。

「私、そんな顔してない！」

「してたから。……今度は言い逃れできないように、写真撮ろうかな」

「今度なんてないし」

私は乱暴に扉を開けた。建て付けの悪い扉がガタガタ音を立てる。まるで、私の心の軋みを表しているかのように。

「ある。だって、わかばって私に一回も勝ったことないじゃん」

何も言い返せないから、私は黙って教室の外に出た。このまま彼女に背を向けて帰るつもりだったが、いつの間にか私の隣に並んでいた彼女に手を取られる。

無駄に柔らかな感触が、嫌だった。

「悔しかったら勝ってみたら。無理だろうけど」

彼女は妖精のようにステップを踏みながら、私を引っ張る。私と彼女の家は近いから、いつも一人で帰ろうとしても、いつの間にか彼女と一緒に帰ることになってしまっているのだ。

高校を卒業したら、絶対東京の大学に行って、小牧から逃げよう。

私は決意を新たにして、唇を舌で湿らせた。

小牧の感触と匂いがまだ少し、いや、かなり残っていて、私は思わず唇を噛(か)んだ。

1 最低変態幼馴染

別に私は敗北主義者というわけではない。いつだって小牧と勝負するときは勝つつもりでいるし、負けたら悔しいと思う。

特に、中間テストの出来は過去最高だったから、絶対に勝つと思っていた。それだけに落胆は大きい。同時に、尊厳などという絶対に賭けるべきでないものを賭けてしまった過去の自分を引っ叩きたい気分になっていた。

「……梅園」

私はパジャマのボタンに手をかけたまま、静止していた。

小牧は私のベッドに我が物顔で腰をかけて、楽しげに私を眺めている。その瞳には好奇心や嗜虐心だけでない、私にはわからない感情が浮かんでいた。不可解、だとは思う。だが、それ以上に、恥ずかしさと憤りが胸を満たしている。

小牧と接していると心が怒りばかりになるのは、いつも通り。

しかし、中間テストで負けてからは、そこに羞恥も混ざるようになった。

「早く着替えて。朝ごはんが冷めるでしょ」

ごはん、の言い方が少し可愛(かわい)い。でも、彼女のにやにやした表情は全然可愛くないし、むしろ憎たらしい。客観的に見れば顔は間違いなく整っているのに、ムカつく。人間の心は不思議だと思う。

「梅園が部屋出たら着替える」

私は小牧を梅園と呼ぶ。それはちょっとした抗議の意味を込めた呼び方であり、彼女に対する敵意の表れでもあった。

「出ない。……立場がわかってないようだから言うけど、今のわかばには拒否権も人権もないんだからね」

法治国家で生きてきたとは思えない発言に目を剝(む)く。一度憲法の条文を見た方がいいのではないかと思うが、小牧の中にある法律は、きっと憲法にも勝るものなのだろう。

「それが嫌なら早く勝負しなよ。しないならずっとこのまま」

結局あれから三日が経ったが、私は未(いま)だ彼女に勝負を挑めずにいた。

別に諦めたわけではない。だが、彼女は性格以外は完璧な超人様なので、下手に勝負を挑めば負けるのは目に見えている。だからといって勝負を先延ばしにしていると、今日みたいに私の尊厳がゴリゴリと削られていくのだ。

別に、同性に着替えを見られても恥ずかしくなんてない。だが、相手が小牧だと話は別だ。

　彼女の視線はいやらしい。性的な意味じゃなくて、こう、とにかくいやらしいのだ。悪意の類が滲み出たような視線を受けていると、体がむずむずして落ち着かない。それに、瞬きもせずにじっと見つめられたら、相手が小牧じゃなくても嫌だと思うはずだ。

　私の体は美術館の絵ではないのだから、見たって楽しくもないだろうし勘弁してほしい。

「はぁ……」

　小さく息を吐いて、着替えを再開する。嫌だ嫌だと思うから余計に嫌になるのだ。こういうのは周りを気にせず平常心でいれば、自然と心が凪いでいくものである。

　私は鼻歌を歌いながらボタンを外していく。

「下手くそ」

「うるさい」

　そっぽを向いて着替えても、小牧の息遣いだとか声だとかが嫌でも耳に入ってくる。だから変に意識してしまって、余計に恥ずかしくなった。

　平常心、平常心。

「わかばって、小さいよね」

　何がだこら。私は詰め寄りたい気分になったが、ここで反応したら負けだと思い、着替えを続ける。

「中学生の時から身長変わってない。……ここも」

彼女の生暖かい手が、背中に触れる。いや、背中というより、ブラのホックに、である。そのまま前に手が伸びてくる気配を感じて、私は飛び退いた。

なんだ。なんなんだ。この前キスしろなんて言ってきたことといい、小牧は私に一体何をさせたくて、何をしたいのか。

私は彼女を睨んだまま制服を素早く着て、扉の方に後退した。

「あんまり生意気な態度ばっか取られると、こっちも考えないとダメだな」

何を、なんて聞けるはずもなかった。絶対ろくでもないことを考えているから。私は小牧のことが嫌いだし、小牧も私のことが嫌いだ。しかし、やっぱり付き合いが無駄に長いから、彼女の考えていることは大体わかってしまう。悪い方面の考えは、特に。

「決めた。勝負の内容」

「ん？」

じりじり近づいてきていた小牧が首を傾げる。彼女は私よりもでかい。そのせいで、こうして正面から向かい合っているだけで、自分が潰されていくような感じがするのだ。

モデル体型とでも言えばいいのか、身長が高いだけじゃなくて手足もすらりと長くて、私くらいならその四肢の牢獄に閉じ込めることができそうだった。だから私は彼女を牽制するために、勝てるかどうかわからない勝負を持ちかけた。

「歌！　カラオケの採点で勝負。点数が高い方が勝ち！　どうよ！」

私は威勢よく胸を張った。小牧は一瞬私の胸の方に目をやって、鼻で笑った。おい、どういう意味だ。

「いいよ。でも、約束は忘れてないよね。……わかばは一度負けるごとに、私に大事なものを一個ずつ捧げないといけない」

勝負しないままだと一個ずつどころか大事なものを全部奪われてしまいかねない。でも、勝負に負けたら結局大事なものを少しずつ奪われていく。かといって彼女から逃げたら、学校という狭い世界から私の居場所がなくなってしまう。

どう考えても袋の鼠（ねずみ）だ。私はすでに詰みの状態にあるのかもしれない。だが、しかし。弱気になったらいけない。どんな人間にも欠点はあるものだ。私は小牧が音痴である可能性に賭けて、勝負を挑んだ。

「そっちこそ忘れてないよね。私が勝ったら尊厳を返してもらうから！」

「もちろん。勝ったらね」

自慢ではないが、私は歌が得意だ。小牧は下手くそなんて言うけれど、友達とカラオケに行ったら90点は余裕でとれる。だから小牧にだって勝てるはず。

……などと、思っていたのだが。

『100点、パーフェクトです』

初手で王手をかけられた気分だった。

放課後、私たちは約束通りにカラオケに来ていた。まずはお手並み拝見と小牧に先手を譲り、小牧が選んだのは流行り（はや）のラブソングだった。存外普通のチョイスだ、なんて思っていると、小牧は音程だけじゃなくて声質までアーティストに合わせて歌い上げていった。

その結果、これである。

100点。100点なんて、テレビの歌自慢コンテストでしか見たことがない。少なくとも私は最高でも98点までしか取ったことがないし、友達だって90点を超えればいい方だった。

井（い）の中（なか）の蛙（かわず）、なんて言葉が頭に浮かぶ。

私は焦燥で額に汗が滲（にじ）むのを感じた。これ以上私の大事なものを小牧に奪われたらたまらない。

「次は何歌おうかな」

満点を取ったくせに、まだ歌うつもりでいるらしい。私は彼女からデンモクを奪って、十八番の歌を予約した。

メロディが流れるのに合わせて、マイクを取る。その時、無感動な小牧の瞳と視線がぶつかった。まるで、道端で死んでいる虫を見るような目。

ムカつく。

「100点取らないと負けちゃうね」

彼女はそう言って、部屋を出ていく。私の歌なんて聞くまでもないということなのだろうか。余計に腹が立つ。しかし、こういう感情を込めて歌う歌ではないので、私は一度深呼吸をした。

選んだのは甘いラブソングだ。十年くらい前に流行った曲で、あなたに会えてよかっただなんて歌詞が何度も登場する。陳腐と言えばそうかもしれないけれど、私はこの歌が好きだった。飾り気がなくて、とても甘くて、優しい曲調。歌っているだけで甘酸っぱい気持ちになるような歌だ。

一人になったのをいいことに、私は感情を込めて歌い上げていく。一瞬脳裏に小牧のことがよぎったが、軽く頭を振って追い出す。小牧に出会ったことは私の人生最大の汚点であり、消し去りたい過去である。

小牧さえいなければ、私はもっと豊かな人生を送っていた。多分。

『98.553点』

やかましいBGMと共に映し出されたのは、そんな文字だった。過去最高にいい点だが、負けている。

わかばは歌上手(うま)いねー、なんて友達に褒められていたのが遠い昔のことのように感じる。

次の曲を選んでいると、見計らったかのように小牧が部屋に戻ってきた。

その手にはメロンソーダと、黒くて茶色い液体。

メロンソーダは私が好きな飲み物だから、きっと小牧が飲むだろう。そう思っていると、緑色の液体がなみなみ注がれたコップが私の方に置かれる。

「飲めば」

私は目をぱちくりさせた。何を企(たくら)んでいるのだろう。私は警戒したが、喉が渇いているのは確かだったので、刺さったストローで一口飲んでみる。

変な味はしない。おもちゃみたいにわざとらしくて、子供が喜びそうな甘さで、遠くで手を振るかのように薄いメロンの匂い。私の好きな安いメロンソーダの味だった。

「顔、馬鹿みたいになってる」

小牧は黄土色と緑色と赤と黒が混ざり合ったみたいな気持ちの悪い色をした飲み物をストローで飲んでいる。

こやつ、まさか、混ぜたのか。それは小学生にしか許されない禁術だ。

「余計なお世話。……もしかして、それを言うためにこれにしたの？」

緑色の液体が、気泡をぱちぱち言わせている。

採点画面のうるさいＢＧＭが、炭酸の音をかき消していく。

「別に？　好きなんでしょ。ありがたく飲んで」

「……ありがとう」

私が素直に礼を言うと、小牧はそっぽを向いた。感謝されるのが気に食わないなら持ってこなければいいのに、と少し思う。でも冷えたメロンソーダを飲んでいると、柄にもなく感謝する気持ちが湧いてしまう。これからひどいことをされるかもしれないのに。

「そんなに美味しいの、それ」

私はメロンソーダを口に入れたまま頷く。

「ふーん」

興味なさそうな声が聞こえたかと思えば、小牧の顔が目の前まで迫ってきていた。あっと思った時には、唇を奪われる。

じゅる、と音が聞こえる。脳髄まで響くようなその音が耳にうるさくて、私は眉を顰めた。

小牧の舌に唇を開かれて、飲んでいたメロンソーダが流出してしまう。小牧は小さく喉を鳴らしながらそれを飲み込んで、最後に私の舌の先を軽く吸ってきた。突然のことすぎて真っ白になっていた思考回路が元に戻ると、私は彼女の頬を押した。

「変態」

「勝負に負けたのは誰だった？」

うぐ、と言葉に詰まる。

「……もういい。で、美味しかった？」

私の唇を奪ったのならせめて美味しかったと言え。そういう目線を送ったが、彼女はどこ吹く風だった。

「いや、全然。生ぬるいし」

「だったらこっち飲んで。メロンソーダが馬鹿にされたままじゃ帰れない」

私はコップを小牧の方に寄せた。

「もういらない。私はこれがあるから」

墨汁と泥水の中間みたいな色の液体の入ったコップを揺らして、彼女は言う。

「それ、混ぜたでしょ、色々。絶対まずいし、小学生じゃん」

小牧と一緒にドリンクバーを頼んだことはなかったから、こういう一面は初めて見た。ファンクラブの会員なら喜ぶかもしれないが、私は十五歳にもなってこんなことをしている小牧を見て、少し引いた。

「混ぜた。コーラとか、烏龍茶とかね。まずいけど、こういうのが好き」

静かな口調で、小牧は言う。薄い唇が紡ぐ言葉は耳に心地好くて、それが腹立たしかった。

この世の終わりみたいな飲み物飲んでるくせに。

ちょっと顔が良くて、声が綺麗で、歌もうまいからって。……全然ちょっとじゃないけれど。

「一個で完成されたものでも、混ぜたらまずい。それが好き」

変わった趣味だ。一個で完成されたものは、完成された一のまま味わうのが最高に決まっている。でも、彼女がそんなことを言う理由も、心当たりがないわけじゃない。

完璧な自分と、重ねているのかもしれない。

彼女は何をしたって完璧で、だからこそ他者を見下しているし、普通なくせに突っかかってくる私が気に入らないのだ。でも、多分、彼女は完璧じゃない自分になりたいとも願っているのではないかと思う。

彼女が飲んでいる謎の液体のように、元の色がなんだったのかもわからなくなって、味だってめちゃくちゃになって。

なんだか無性にムカついて、私は彼女からコップを奪ってストローに口をつけた。

「まっ……ずい」

甘くて苦くて変な臭いがする。こんなものになりたいと願っているのだとしたら、常人には理解できない感覚である。

でも、そんなまずい液体を一緒に飲んで、まずいと言うくらいは私にだってできる。彼女が抱いている感情を否定して否定して否定して、それで。

それで、彼女を完璧とか完全とかそういうものから、引きずり下ろしたいと思う。

「こんなの飲んでたら病気になるよ。混ぜるならオレンジジュースとカルピスとかにすればいいじゃん」

自分は完璧な人間である。そんな彼女の考えを、何より否定したいと思う。多分それは、私が今までの人生でしてきたことの中で、一番難しいことだけれど。

「それじゃ、まずくならないでしょ」

「まずいのがいいの？」

「美味しいものがまずくなるのがいいんだよ。……わかばには、わからないだろうけど」

「うん、わかんない」

完璧じゃなくなるにしても、まずくなる必要はないと思う。オレンジジュースとカルピスみたいに、美味しくなる組み合わせだってある。

混ざったものはもう、一個の製品として完璧だったオレンジジュースでもカルピスでもないだろうけど、でも。美味しいなら、それでいいはずだ。

混ざり合ったものがまずくなってしまったら、元々あった価値が全部否定されることになる。それは少し、違うと思う。

「梅園のことはやっぱりわかんない。好きじゃないしね」

もやもやしたまま言葉を口にして、デンモクで新しい曲を予約する。すぐにメロディが始まったが、今度は部屋を出ていかなかった。その代わり、小牧はマイクを手に取って、スイッチを入れる。

私の私らしい声に、歌手本人みたいな完璧な声が重なる。小牧もこの歌、ちゃんと知ってるんだ。今流行りの歌では、ないのに。……でも。

歌が上手いといっても素人な私と、プロ顔負けの彼女の歌。調和するわけもなく、掛け違えたボタンみたいに気持ち悪い音の重なりが室内に反響する。

小牧のコップが目に入る。今の私たちは、まさしくあれだ。でも、私とうまく合わせようとするのは小牧ではないし、小牧にうまく合わせようとするのは私ではない。だから私たちは必然的にぶつかり合って、調和を失って、よくわからない色になっていく。

今の私たちを誰かが見たら、きっとあの中身を飲んだ時の私みたいな顔になると思う。

『82点。もう少し音程を意識するといいかも？』

私も小牧も、一人だったら絶対出さない点数が表示される。

私は気持ち悪い胸の内を誤魔化すのも兼ねて笑ってやろうかと思ったが、小牧がぽんやりと点数を眺めているのを見て、やめた。

「下手くそ」

マイクを置いて、私は呟く。小牧は何も言わなかった。

「今度は一人で歌うから。聞いてて」

私は返事を待たずに歌い始めた。小牧の横槍は入らなかったが、どうにもさっきのデュエットで調子がおかしくなったのか、その後一度も90点を超えることができなかった。

何をどう言い訳しても、負けは負けだった。

私と小牧の勝負の歴史は、約十二年前に遡る。あまりにも可愛くてかけっこも他の遊びも得意だった小牧が気に入らなくて私が勝負を挑みました、以上。

それからずっと負け続けて今日に至る。

幼馴染という言葉には、なんだか甘酸っぱい恋でも始まりそうな素敵な響きを感じる。しかし、実際は当然恋なんて始まらない。私と小牧は好き合っているどころか嫌い合っていて、いつだって火花を散らしている。

いや、一方的に私が火花を散らしているだけかもしれないけど。

「ごめん、待った？」

初々しいカップルの如き台詞。私はぞわりと肌が粟立つのを感じた。端的に言えば気持ち悪い。小牧もそれをわかっているだろうに、にこにこ笑っている。にこにことというか、にっこにっこ笑っている。

「待った。十分待った。暑いし、最悪」

待ったというのは本当のことだった。私は待ち合わせに遅れるのが嫌いだ。待っている人はきっと来るかどうか不安になったり、手持ち無沙汰になったりする。そういう感情を待ち合わせ相手に味わわせるのは忍びないので、いつも早めに来るようにしているのだ。

相手が小牧でもそれは変わらない。彼女のことは嫌いだけど、進んで嫌な思いをさせるつもりはない。

そりゃあ憎まれ口を叩くことはあるし、勝負でボコボコにしたいという気持ちもある。でも、自分が大事にしているポリシーを崩してまで嫌な思いをさせるのは違うと思う。

何のこだわりだ、って話だ。待たされたからって嫌な思いをするほど、小牧は繊細じゃないだろうとも思うし。

「それはそれは。かわいそう」

笑いながら、彼女は私の額をハンカチで拭ってくる。意外にも、その手つきは優しい。だから余計に、気持ち悪いのだが。

「じゃ、行こっか」

彼女はそう言って、自分の腕を私の腕に絡ませてきた。正直不気味だ。怖いとも思う。でもこれは罰ゲームみたいなものだから、私をこういう気持ちにさせるのが目的なのだろう。

なんでこんなことになったかというと、前にカラオケ勝負で負けたせいだ。

あの後、彼女は初めてのデートを私に捧げてもらう、なんて言い出した。確かに初デートも私が大事にしようとしていたものの一つだ。初めてできた彼氏とドキドキワクワクしながらデートして、それで、帰り際にキスなんかしちゃったりして。今まで繰り返してきたそんな妄想は今更無意味だった。

「どこ行くの？」

「わかばちゃんが好きそうなとこっ」

小牧は甘い声で言う。キモい。

「……」

「デートだって言ったじゃん。もっと楽しそうな顔したら？」

彼女はすっと素の声に戻った。わざとらしい声よりも、よっぽどいいと思う。南国の海みたいに澄んで透き通っていながらも、どこか乾いているような、そんな声。嫌いだけど、好きだ。

「しなかったら尊厳云々言うつもりでしょ。知ってる。……こーまきっ！　私の好きそうなとこってどんなとこかなー？」

私は虚勢を張った。頬が引き攣りそうになるのを抑えて笑いかけ、絡んだ腕に力を込める。そんな私を、小牧は無表情になって見つめていた。

「……何？」

「小牧って」

小牧は私をじっと見つめる。髪色と同じで茶色い瞳が、私をぼんやり映している。

「久しぶりに呼ばれた」

確かに、二年ぶりに呼んだかもしれない。中学二年生の頃、小牧を決定的に嫌いになる事件が起こって、それに伴って私は彼女のことを梅園と呼ぶようになった。

一時期は顔も見たくないほど恨んでいたが、時が経つにつれて恨みのような感情は薄れて、昔と同じように純粋に気に入らない、という程度に戻った。

それがいいことなのか、悪いことなのかはわからない。でもあの事件を経て、私は彼女だけでなく、自分のことも少し嫌いになった。

「デートなのに苗字（みょうじ）呼びは変だから。それだけ」

「……苗字で呼び合うカップルもいると思うけどね」

「じゃあ、呼べば。吉沢（よしざわ）ーって」

「わかば」

彼女が私の言うことを聞くわけがないのはわかっている。だから私はそれ以上何も言わなかった。

引っ張られて、歩き出す。小牧は下々のものに歩調を合わせたりなんてしないので、私が少し早足になる。

こうして歩いていると、身長の差を嫌でも感じた。

昔は私よりもちっちゃかったのに、いつの間にか私よりもずっと大きくなった。私たちの関係も昔とは変わって、今では尊厳を奪い合う関係になった。それは間違いなく悪いことだ。

なんだかな、と思う。

大きくなって、背筋をすっと伸ばして、前を向いて。堂々と歩く彼女を見ると、少し、ほんの少しだけ、よかったね、なんてことを思ってしまうのは。それは、私がまだ、昔のことを気にしているせいなんだろうか。

もう十年近く前のことなのに。

一瞬、脳裏に幼い小牧の顔がチラついた。

「ここ」

小牧はある施設の前で止まった。私たちはショッピングモールで待ち合わせて、モール内を歩いてここまできた。

ガヤガヤうるさくて無駄にカラフルな機械ばかり並んだその施設は、間違いなくゲームセンターだった。

「ん……」

嫌いではない。楽しいという感情だけを詰め込んで、ジップロックで真空保存したみたいなこの空間は、確かに好ましく思う。でも、別にもっと好きな場所はある。なぜ小牧はここが私の好きな場所だと思ったのか。

嫌がらせ、ではないのだろう。本気で嫌がらせをしたいのなら、彼女はもっと最悪な手段をとる。私はそれを痛いほどよく知っていた。

だとしたら、本当に彼女は私の好きな場所がここだと思って連れてきたということになる。しかし……。

「なんで？」

なんでここに？

疑問と共に声を発すると、小牧は笑った。

天使のような笑み。それを崩したくなるのは敵意からか、それとも。

「よく来るんでしょ、クラスメイトと。……昔、私ともよく来てたし」

私と小牧は別のクラスなのに、どうしてそんなことを知っているのだろう。だが、そんな疑問よりも、かつてよく来ていたことを覚えている方が驚きだった。

「それ、小学校の低学年だった頃でしょ。よく覚えてるわ」

「私は頭の出来がいいから。わかばと違って」

「私と違っては余計」

二言目には私を馬鹿にしなければならない病気にでもかかっているのだろうか。私は小さくため息をついた。

ため息はゲーセンのざわめきに消されて、意味をなくしていく。なんだかな、と少し思った。

「でもま、贅沢な子供だったよね。放課後ゲーセンで遊びまくるなんてさ」

私はするりと小牧の腕から抜けて、クレーンゲームの方に歩く。ここには低学年の頃よく来ていた。高学年になってからは他の遊びが多くなったから、自然と足が遠のいたのだ。

あまり変わっていない。全体のレイアウトは少し変わったかもしれないが、雰囲気とか、床の汚れ具合とかは当時のままだ。

昔はよくこうして、小牧と二人肩を並べてクレーンゲームをしたっけ。

かつて彼女と取ったいくつものぬいぐるみは、まだ私の部屋に飾られている。多分、小牧はとっくに捨てているだろうけれど。

「いつも友達と行ってるとこ、アーム弱いんだよね。確率機ってやつ？　ここはどうだっけ」

私は100円を入れて、アームを動かした。ピカピカ光って頑張れだとかなんだとか、そんな音声が流れる。あまりにもチープな音声に、思わず笑みが出る。

謎のキャラクターをアームで摑むが、撫でるだけで上手く持ち上がらない。私が悪戦苦闘している様子を、小牧は楽しげに眺めていた。

やっぱり、性格悪い。

「梅園は？　ゲーセン、今でも来てるの？」

小牧は私に肩を寄せて、ボタンを奪ってくる。アームが引っ搔くようにぬいぐるみを動かして、ぽとりと穴に落とす。

「さあね。どっちだと思う？」

ボールみたいにぬいぐるみを上に投げて、キャッチしてを繰り返す。私はいたたまれない気分になり、小牧からぬいぐるみを奪った。

「どっちでもいいけど、かわいそうだからやめて」

「ぬいぐるみがかわいそうって、馬鹿なの？」

「馬鹿でいいよ」

私は見たことがあるようなないような、よくわからないキャラクターのぬいぐるみを撫でる。ぬいぐるみは微笑んだりしないけれど、私は少し満足した。

「……ねえ」

小牧は両手を軽く握っていた。機嫌が悪い時にやる仕草だ。どうしたのかと思っていると、不意に腕を摑まれて、引き寄せられる。この流れはあれだな、と思い、咄嗟に顔を背けるが、それに合わせて唇にキスを落とされる。

ゲーセンのざわめきが遠のく。

小牧の熱や匂い、感触が全身を包むみたいに襲ってきて、呼吸の仕方を忘れそうになった。最近毎日のようにキスをしてくるのは、やはり、これが一番私の尊厳を傷つけられる方法だと知っているからなのだろうか。

キスは好きな人とするものだ、なんて、昔小牧と話したっけ。

どういう流れでそんな話をしたのかは、もう思い出せない。私のような下賤のものとは頭の出来が違う小牧様は覚えているだろうか。

「ワンパターン」

私はせめてもの抵抗でそう言った。背が高い小牧がわざわざ私に合わせて屈んでキスしようとする様は、ちょっと馬鹿みたいでおかしかった。

もっと大きくなって、キスをするために屈むのがもっともっと大変になってしまえばいい、と思う。

私がくすくす笑っていると、小牧は気分を害したのか、私のブラウスをめくろうとしてくる。

「ちょおっ……」

「ツーパターン目、見せてあげようか」

白昼堂々外で人の服を脱がそうとするなんて、どうかしている。人気（ひとけ）やカメラがないところならまだしも、クレーンゲームにはカメラがついているのだ。このままではしょっ引かれかねない。そんなの小牧にだってわかっているだろうに、止まる気配がない。

へそが出て少し寒くなって、さらに上へ。

私は叫んだ。

「勝負！　するっ！」

小牧の動きがぴたりと止まる。最初からこれを言わせるつもりだったのだろう。完全に誘導されて、私は禁断の言葉を口にしてしまった。

「どれで？」

「ん……と……」

私は辺りを見渡した。クレーンゲームで勝てないのは明白である。メダルゲームも無理だろう。レースゲーム、ホッケー、絶対無理。

絶望しかけたその時、珍しいゲームが目に入る。

「あれ！」

「……麻雀（マージャン）？」

私が咄嗟に指差したのは、古めかしい麻雀ゲームだった。それは対戦できるようなものではないが、この際構わない。ルールはよく知らないけれど、お父さんが前に友達と遊びながら、「麻雀は運が九割だ！」なんて叫んでいるのを聞いたことがある。

あの時のお父さんはビリだった。でも、運ならば私にだって勝ち目があると思う。

「一回ずつプレイして、点数が高かった方が勝ち！　どう？」

「いいよ」

麻雀のルールなんて、小牧だって知らないはずだ。今度こそ勝って、小牧が好き勝手に動くのをやめさせないといけない。

このまま尊厳を奪われたままだと、いつか私は警察のお世話になってしまうかもしれない。

それはさすがに困る。

私は息を吐いて、麻雀のゲームをプレイし始めた。

我ながら、才能があるのではないか、と思う。私は連続してあがっていた。一ゲームが終わるまでに稼いだ点数は18000点。元の点と合わせて43000点だ。これはもう、勝ちなのではないか。

「次、どうぞ？」

私は勝ち誇って席を譲った。彼女は小銭を投入して、プレイを始めた。さてどうなるかと見ていると、画面が切り替わった。

『ツモ。天和（テンホー）、大三元、四暗刻（スーアンコー）』

ピロピロ音がして、CPUの点数が引かれていく。あっという間にマイナスになって、小牧の点数は10万を超える。

いやいや。

いやいやいや。

これが天に愛された女の力ですか。私にはちょっと真似できないというか、今すぐ帰りたい。

小牧は立ち上がって、にっこり笑った。

「終わり」

私は苦笑すらできずにいた。最初から役が完成していて、あがったということはわかる。でも、点数がわけわからない。バグではないのか。

「ゲーム、壊れてない?」

「ない。わかば、もしかして役知らない?」

むしろ小牧は知っているのか。知っていてもおかしくないか、小牧だし。

「また一個、だね」

小牧は無垢な笑みを浮かべていた。小牧に首輪をつけられて、犬になれだなんて言われる日も近いのではないか。私は頬が引き攣るのを感じた。

いっそ三年生になるまで逃げて、そのまま大学入学と共に彼女の前から姿を消せば解決なのではないか。

　一瞬そう思ったが、無理だろうな、と思う。そんな逃げ方をしたら、小牧は絶対追いかけてくる。私の両親は小牧のことを気に入っているから、進学先を教えてしまうに違いない。

　だとしたら、卒業しても逃げるのは無理なのではないか。

　中学の時だって、彼女とは違う高校に行こうと、少し家から遠い学校を選んだ。だが、入学式の日、小牧は私と同じ制服を着て駅のホームに立っていた。あの時の衝撃と戦慄は忘れられない。

　勝たないと多分、終わらない。小牧から逃げるためには、彼女に勝つしかない。

　運も良くてなんでもできる彼女に勝つ方法。今の私にはわからなかった。

「今すぐとは言わないけどね。ほら、デートの続き」

　こんな気分でデートなどできてたまるか。そう思うけれど、言葉にはできない。だから私は、差し出された彼女の手を、何も言わずに握った。

「お腹空いたし、何か食べに行こう」

　私は近くの壁に設置されている時計を一瞥した。時刻は午前十一時半。まだ昼食には早い時間だが、朝を抜いてきたので確かにお腹が空いている。

　小牧も朝ごはん、食べてこなかったのかな。

そんなことを思いながら、彼女に手を引かれた。

小牧が選んだのはモール内にあるチェーンのイタリアンレストランだった。彼女はトマトのパスタを頼んで、私はカルボナーラを頼み、ついでにシェアする用にピザも一枚頼んだ。

カラオケ屋の時と同様、二人分のドリンクバーを頼んで、私たちは一緒に飲み物を取りに行った。こういうのはどちらかが荷物番をするべきだと思うのだが、強引に手を引かれれば、抵抗などできるはずもない。

私は白ぶどうジュースとカルピスを混ぜたものをコップに入れて、彼女に手渡した。眉根を寄せる彼女を無視して、私は自分のコップにメロンソーダを入れる。

「気に入らないなら飲まなくてもいいけどね」

ストローを袋から取り出して、彼女のコップに入れる。混ぜてまずくなるのがいいなんて考えを、聞いた時からずっと否定したかった。

私はそれ以上何も言わずに席に戻る。後ろから、ゆっくりと彼女はついてきた。その手には、私の注いだものが入ったコップが握られている。

私は頬杖（ほおづえ）をつきながらメロンソーダを飲んだ。

捨てずに持ってきた割に、彼女はそれを飲もうとしない。私への抵抗かな、と思うが、わざわざ聞いたりはしなかった。

　やがて店員さんが料理を持ってきて、私は両手を合わせて「いただきます」なんて言いながらパスタを食べ始めた。

「……んぇ」

　その時、変な声が聞こえた。思わず正面を向くと、小牧が少し泣きそうな顔をしていた。フォークがパスタに突き刺さっている。

　それだけで、察してしまう。そんな自分が少し、嫌だった。

「……こっち、食べれば」

　私はカルボナーラを彼女の方に差し出した。返事を待たずに彼女のトマトパスタを奪って食べると、少し舌がピリピリした。唐辛子が入っているタイプのパスタだったらしい。

　はぁ、と息を吐いて店員さんを呼び、新しいフォークをもらう。

　私が使っていたフォークと新しいフォークを交換して、彼女に食べるよう促す。小牧は新しくなったフォークを微妙な表情で見つめていた。

「デートで料理食べないやつなんて、いないよね」

　私は独り言のように言う。ピザを切り分けて、さりげなく彼女の方に皿を寄せる。

　小牧のことなんて嫌いなのに、どうしてこんなことをしているのか。自分でも馬鹿馬鹿しくなる。

でも。彼女のことは大っ嫌いだけど、苦しんでいるところを見たいわけじゃない。彼女の笑顔には腹が立つことが多いし、見たくないと思う。だが、泣いているところはもっと見たくない。

それがなぜなのかは、やっぱりわからない。私は自分の横に座るぬいぐるみを撫でて、パスタをくるくる巻いた。

「返して」

小牧はそう言って、私の皿を奪おうとする。私は卓上の辛いオリーブオイルを大量にパスタにかけた。すると、彼女の手が微かにビクッと震えて、引っ込む。

「返そうか?」

柳眉を逆立てて、彼女は私を睨む。

「いらない」

「よろしい。カルボナーラ、美味しいから食べなよ」

彼女は少しためらうような様子を見せた後、器用にカルボナーラをフォークで巻いて食べ始めた。美味しい、とは言わなかったけれど、眉がちょっと動いたから、美味しかったんだろう。

小さな口でもくもくごはんを食べる彼女の姿は、人形のようで可愛らしい。写真に残しておけば、多分クラスの男子が喜ぶだろう。でも、彼女の顔がいいのはもう当たり前にわかっていることで、わざわざ写真に撮るほどじゃない。

どうせ撮るなら、もっと不細工な顔がいい。その方が、人間らしいと思う。

「点数稼ぎ？　そんなことしても、やめないから」

小牧はわけのわからないことを言う。一瞬、本気で意味がわからなかった。しかし、少し考えてその意図に考えが行き着く。

「小牧ちゃんに気を遣って好感度を上げよう！　なんて、私が思うわけないじゃん」

これは単なる習慣というか、無意識だ。私の心の深いところが、小牧に悲しい顔をさせるなと言っている。

私は嫌な思いを散々させられて、悲しまされているのに。私の心なのに、私に対して理不尽だ。

本当は小牧の心なんじゃないか、と思う。私の心の核はとっくに小牧に奪われていて、寄生虫が宿主を乗っ取るみたいに、私を小牧のために動かそうとしている。なんて、考えすぎだろうけれど。

「自意識過剰だよ、梅園」

私はパスタを口にした。小牧の意地を崩すためのオリーブオイルは大さじ一杯程度じゃ収まらなくて。だから、パスタはありえないくらい辛くて油っこくなっている。

まだ美味しく食べられるから、いいとしよう。私は舌の痛みを誤魔化すように咀嚼を続けた。

多分、辛いものの大食いとか早食いで勝負を挑めば、簡単に彼女に勝てると思う。でも、それじゃ意味がないのだ。それは勝ったとは言えない。勝負に勝ったとしても、心が勝っていない。

辛いのが苦手なのは、彼女の数少ない欠点の一つではある。だが、それを突くのはフェアじゃないと思う。

私の中にはいくつもそういう線引きがある。謎のこだわりと言えばそれまでだが、私にとっては重要なことだった。真正面からフェアな勝負を挑んで、思いっきり負かしてやりたい。

それで私は、彼女を見下ろしながらこう言うのだ。

小牧は……梅園は自分が思ってるほど完璧じゃないんだぞ、と。

「それ、食べさせて」

いつの間にかカルボナーラを食べ終えたらしい小牧が、私の皿を指差して言う。オイルで黄色くなったトマトソースは、どう考えても彼女が食べられるものではない。

しかし、彼女の顔は真剣だった。まるで食べないと死ぬみたいに、まっすぐ私の皿を見ている。

訝(いぶか)りながら視線を逸らすと、一口も飲まれていないドリンクが目に入る。半分以上減った私のメロンソーダとは違って、彼女のコップの中の液体は少し寂しげだ。

「やめなよ。お腹壊すから」

苦手なことに挑戦するのはいいことだとは思う。でも、辛いものに挑戦したって何もいいことはない。辛味に強いか弱いかは生まれつき決まっているから、そんなところで頑張らなくていいと思う。

ちょっと辛いパスタを食べただけで口紅を塗ったみたいに赤くなった唇が、ゆっくりと開いていくのが見える。

「そ」と発しそうな口の形を見て、私は少なめにパスタを巻いたフォークを彼女の口にねじ込んだ。

いじっぱりめ。

「……げほっ、こほっ、うえ」

彼女の顔がみるみるうちに赤くなっていく。だからやめろって言ったのに。

小牧は涙目になりながら、壊れ物に触れるみたいにコップを持ち上げて、ストローに口をつけた。今の今まで全く減っていなかった液体が瞬く間に減っていって、最後にずぞ、と音を立てる。

乱暴に置かれたコップはどこか誇らしげだった。

私はよくわからない感情を多分に含んだ息を吐き出した。

コップに口をつける理由が欲しくて、パスタを食べようとしたんだろうか。だとしたら、小牧は馬鹿だ。やっぱりどうしようもなくいじっぱりだ。

「美味しいって、やっぱ違う」

彼女はそう呟いて、私のコップを奪う。そのまま私のメロンソーダを全部飲んで、小さく舌を出した。微かな緑色。白色は、見えない。

「こんなのが好きなんて、子供舌」

彼女は負け惜しみのように言った。

「子供だから、子供舌でいいじゃん。余計なお世話」

小牧の唇はさっきよりも真っ赤になっている。

何をしているんだろう。私も、小牧も。

「口直しになんか頼めば」

「いい。ピザ食べる」

「ピザも辛いかもね」

「……ジェラート。わかばは？」

「アフォガート」

「大人アピール、恥ずかしいよ」

周りは皆楽しそうに食事をしているのに、私たちだけが言い争って、わけのわからないことをしている。意地の張り合いをいつまで続けているのか。店を包む和やかな空気に、そう言われているような気がした。

「アフォガート程度で大人アピールって言うの、馬鹿だと思うけど。……頼むからね」

私はベルで店員さんを呼んで注文を済ませた後、ピザを一切れ齧った。少し冷め始めているピザは、辛いパスタを食べた後の口には甘すぎるくらいに感じた。これなら口直しのデザートはいらなかったかな、と思う。

私の反応を見てか、小牧も一切れピザを取って、口に入れた。

「美味しい」

そう言って、小牧は今日初めて、素直な笑みを見せる。

私はちょっと呆れて、彼女の額にチョップを落とした。

★

デートはつつがなく進んだ。食事をとった後、私たちは服屋に行って少しファッションショーめいたことをしてみたり、雑貨屋に行ってこれが可愛いなんて言い合ったりした。

でも、私たちは別に恋人じゃないから、まろやかな雰囲気になるわけもなかった。どこか気まずいような、ピリピリするような感じのまま、私たちは手を繋いでいた。

私たちは反発し合う磁石のようなものなのかもしれない。近づけば近づくほど反発して、その反動でどこまでも遠ざかっていく。だから本来は近づくべきじゃないのだろうが、私たちは意地と敵意によって無理やり近づいてしまっている。

一度でいい。一度だけでも、彼女に勝ちたい。私はそんな思いで彼女と一緒にいる。でも、彼女は私に執着はしていないから、私が諦めれば彼女も自然と離れていく。

そう思っていたのに、尊厳をかけた勝負の結果、そうではないとわかった。彼女は私が思っている以上に、私のことを嫌っている。

「わかばは、恋人ができたら何をしたい？」

きゅっと私の手を柔らかく握りながら、彼女が問う。馬鹿正直に答えたら痛い目を見るとわかっているが、嘘をついても見抜かれる気がして、がんじがらめになる。

「知らない」

「なら、知って。考えて」

私は小さく息を吐いた。理想の恋人像。かつてはあったはずだけれど、小牧と関わるうちに輪郭がぼやけて、薄れて、今では何もわからなくなっている。

「お泊まり会、とか？」

「ふーん」

自分で聞いてきたくせに、彼女は興味なさそうだった。

なんなんだ、一体。

どうせ私の大事なものを奪うために聞いているだけだろうけれど。

「私、枕が替わるとうまく眠れない」

「知ってる。小学生の時も、中学生の時も、修学旅行で喚(わめ)き散らしてたから」

「喚いてはいない。……どうやって私が寝たか、覚えてる？」

覚えていないと言うのは簡単だが、嘘をつく意味はない。

「私が枕になった」

中学三年生の時の修学旅行は最悪だった。恨みすら持っていた小牧とあれよあれよという間に同じ班になって、同じ寝室になって。

それで、うまく眠れそうにないなんて不安そうに言われて。

仕方なく抱き枕になってやった記憶がある。嫌いなのに、ああいう顔をされると、放っておけなくなる。

そう思ってしまう私も、どうかしている。

「そう。楽しみにしてる」

前後の文脈がおかしい気がする。しかし、藪(やぶ)を突(つつ)いて蛇が出ても困る。この話はここまでにしておこう。

手を繋いで歩いていると、やがて、モールの端まで辿り着く。駐車場にも正面入り口にも繋がっていない通路には人がいない。まるでここだけ別の世界であるかのように。

私はぴたりと立ち止まった。それに伴い、小牧も足を止める。

顔がこっちを向いたから、彼女を見上げた。まだ赤みが残った唇が目に入る。嫌いな相手にキスをするというのは、どういう心地なのだろう。いつもいつも彼女は私の唇を奪ってくるが、どんな気持ちでそれをしているのか。

嫌いな相手に嫌がらせするのが目的なら、もっと楽しそうにすればいいと思う。

私にキスをしてくる時、彼女はいつも無表情で、ともすれば余裕がなく見える。それは錯覚だろうけれど、嫌いな私の大事なものを奪えて嬉しいなら、笑えばいいのに。最初にキスした時は、どうだっただろう。自分からしたのはあれが最初で最後だ。

嫌いな人をいじめる目的で、自分の唇は捧げられない。

でも、自分の意思で、自分から彼女にキスをしたら、何かが摑めるかもしれない。

「梅園。靴紐解けてる。おっちょこちょいすぎ。早く結んで」

「ぐちぐち言わないで」

私の言葉を聞いて、小牧が少し屈む。それに合わせて、彼女の両頰を手で挟んで、静かにキスをした。

私は小牧のようにいやらしい人間じゃないから、舌は入れない。何度か啄むように、リップ音を響かせて口付けをしていく。

楽しくはない。

食後に口を拭いていたはずなのに、ジェラートの香りが少しする。今日という日の積み重ねが唇に表れているような気がした。

匂いはいつもと違って、温度もいつもよりちょっと高くて、唇自体が少し硬く感じる。準備ができていなければ、さすがの彼女も体がこわばるものらしい。小牧は完璧のように見えて、完璧じゃない。自分では完璧な人間だと思い込んでいるけれど。

「嫌い」

自分の言葉がひどく白々しく聞こえて、私は思わず笑った。

「わ……かば」

「かばなんていないよ。ここ、動物園じゃないからね」

くすくす、くすくす。自分の笑い声が、妙に頭に響く。

もしかして、自分からやったくせに動揺してる？

いや、馬鹿な。

「少しはいつもの私の気持ち、わかったんじゃない？」

小牧は自分の唇に手をやって、呆然とした様子を見せている。ここまで顕著な反応をす

ると は思っていなかったから、少し意外だった。

やっぱり、キスをしたって楽しくはない。

呆然としている小牧を見ても気が晴れるということはなく、私は余計に大切なものが見えなくなった気がして、地面を蹴った。

「デートの終わりはキス締めってね。これが恋人できたらしたいことの一つかも」

ステップを踏んで、私は彼女から離れる。少し声が上ずっている。

「置いてくよ、梅園」

ようやく小牧が動き出したのは、それからたっぷり三十秒ほど経ってからのことだった。

2　その顔が忘れられなくて

「ねえわかば。梅園さんってどんな人なの？」

唐突に、夏織が言う。彼女の目は興味あります、と声高に叫んでいる。私と小牧の関係に、何を期待しているのか。

「どんな人って？」

「どんなはどんなだよー。幼馴染なんでしょ？　色々知ってるでしょー」

小牧と幼馴染だということは、別段言いふらしてもいないし隠してもいない。聞かれたら答えるし、聞かれなかったらわざわざ言うこともない。

しかし、私と小牧に関係があること自体あまり学校の人には知られていないから、こうして聞かれるのは珍しいと思う。

「そんなには知らないけどなぁ。誰に聞いたの？　私たちのこと」

「こちらのお姉様に」

夏織は芝居がかった動きで、私の隣に座る茉凛を指差した。茉凛は「お姉様だよー」なんで手を振っている。夏織は高校に入ってからできた友達だが、茉凛は中学の頃からの友達だ。

なるほど、と思う。

地元の中学では私と小牧は同じ部活に所属していたし、大体の人が私たちの関係を知っていた。

茉凛も同じ部活だったから、私と小牧のことはよく知っているだろう。私たちの間で起こった事件までは、知らないだろうけれど。

「夏織ちゃんが梅ちゃんのこと知りたいって言うから、その流れでね」

茉凛は小牧のことを梅ちゃんと呼ぶ。小牧は外面がいいから、大抵の人とは良好な関係を築いているのだ。茉凛も茉凛でゆるいというかふわっとしているから、実は結構気が合うのかもしれない。小牧の本性を知ったら、どうなるかはわからないが。

「モテエピソードとか知らない？　一日で十人の男子に告白されました！　みたいな」

「いや、そんなエピないから。そもそも、なんで梅園のことなんて知りたいの？」

「あやかりたい」

「え？」

「梅園さんにあやかって、私もモテたいの！」

切実な叫びである。別に夏織もモテないわけではない、と思う。顔はそれなりに整っているし、ころころ変わる表情には愛嬌がある。小牧を基準にしてはならないのだ。彼女はナチュラルに周りを見下すだけあって、恐ろしく顔が整っている。

　声も透き通っていて綺麗だし、運動神経がいいからか、流れる汗まで爽やかに見える。

……と、男子が前に言っていた。

　周りの人間に見せている範囲では性格も良く、嫌味なところがないからか男子からも女子からも好かれているのだ。小牧はもうそういうものとして扱って、自分とは比べないのが本来は一番である。

　馬鹿な私は、それをわかっているのに勝負なんて挑んでしまっているのだが。

「こう、モテオーラを浴びたら私もモテそうだし」

「だったら話しかけて来ればいいじゃん。私と友達になってーって」

「無理！　私から行ったら眩しさに焼かれて死にそう」

「太陽じゃあるまいに」

「私にとっちゃ似たようなもんだよー」

　夏織は基本社交的で、誰にでも物怖じせずに話しかけに行けるタイプの人間だ。そんな彼女すら畏縮させる小牧の力には驚く他ない。

　しかし、太陽。太陽か。

　自分で言っておいてなんだけど、あながち間違いじゃないかもしれない。太陽は眩い光で人の目を焼くから、肉眼ではその本質を捉えることはできない。だが、それでも人々は太陽を見上げたり、その恩恵を受けようとしたりするのだ。

私は太陽を見るためのゴーグルをしているような状態ではあるが、その本質はやはりわからない。私は結局ただの人間で、太陽の本質からは遠すぎるのだ。

「せめて梅園さんがどんな生活してるのか知りたいなー。真似(まね)したら私も輝ける気がするしー」

普通の生活ですよ。普通の一軒家で普通に朝ごはん食べて、普通に登校しています。

そう口にしようとした時、ふわりと花のような匂いがした。

げっ、と声が出そうになる。

「私の話？」

私が知っているものよりも、ちょっと高いよそ行きの声。多くの人が耳に心地いいと言うその声が、耳障りとまではいかないが、嫌いだった。

「うえっ……う、梅園さん」

夏織は借りてきた猫みたいに静かになった。その変化に、笑いそうになる。

「やっほー梅ちゃん。珍しいね、うちのクラス来るの」

茉凛はぼんやりした笑みを浮かべて小牧に手を振る。小牧はにこやかに手を振り返した。

「うん。ちょっとわかばと話したいなって思って」

小牧はそう言って、爽やかに笑ってみせる。笑顔を見て気持ち悪いと思ってしまう相手なんて、後にも先にも小牧だけだろう。私はバレないように、小さくため息をついた。

この教室は聖域みたいなもので、今まで彼女に侵されたことはない。だが、今日、彼女の何かが変わったのか、当たり前みたいな顔をしてこの教室に足を踏み入れた。

私は不吉な予感を感じて、椅子を少し引いた。

「そっかー。あ、今度四人でテニスやりに行かない？　久しぶりに梅ちゃんとラリーしたいな」

茉凛はマイペースに話を始める。

驚く夏織。引く私。にこにこの小牧に、いつもの茉凛。どうにも混沌としている。私は何も言わずに成り行きを見守ることにした。

「いいよ。私も久しぶりに茉凛と遊びたかったし。えっと……そっちの子は初めましてだよね？」

「ひゅ、はい。初めまして。若松夏織です。はい。えっと、その、初めまして」

「初めまして。ええと……夏織って呼んでもいい？」

「は、はい。是非」

「私のことも小牧って呼んでいいからね。よろしく、夏織」

小牧は私のことをちらと見た。

なんだ、私にも小牧と呼べと言いたいのか。そういう態度を取られると、余計に呼びたくなくなる。

小牧が私に名前で呼ばれたいと思っているなんて、ありえないだろうけど。

「よろしくお願いします」

礼儀正しすぎる。いつもの夏織はどこに行ったのか。私が小さく息を吐くと、小牧に手を掴まれる。

「じゃあ、ちょっとわかばのこと借りるね」

「利子はトイチでねー」

「十日間も借りないよ」

一分一秒も借りないでほしい。

そう言えたらよかったのだが、有無を言わさない笑みを浮かべている小牧を見て何も言えなくなった。そもそも今の私の尊厳を彼女は認めていないのだ。私は最近「そ」の口を見たら文句を呑み込むようになった。

小牧に手を引かれながら、後ろを見る。夏織はフリーズしていて、茉凛は楽しげに私たちを見つめていた。なんでそんなに楽しそうなのか。目線でそう訴えかけてみるが、一層楽しそうに笑うだけで、何もわからなかった。

時々人がいるものの、授業間の十分休みである今はさすがに人がいない。昼休みは屋上に続く扉の前。密かに穴場となっているこの場所は、密会に最適だった。

彼女はいつも通りの声で囁いた。

「土曜。わかばの家に行くから」

「拒否権はないんでしょ。お母さんに連絡しとく」

私はスマホを取り出して、さっさとメッセージを送ろうとした。それが気に入らないらしく、小牧は不満そうな顔をしながら、ブラウスを勝手にスカートから出す。そのままめくりあげて、私のへそをこの前みたいに露出させたかと思えば、顔を近づけてくる。

ちくりとした痛みが走った。

ワンパターンと言われたことをまだ根に持っているのか、彼女はキスの代わりに私のお腹に吸い付くことにしたらしい。キスよりはよっぽどいいかもしれないが、余計に倒錯的に思えて、思わず眉を顰める。

絶対内出血を起こしていると思う。いわゆるキスマークが私のお腹に残っているところを想像して、少し憂鬱になる。何が悲しくて小牧の跡なんかを自分の体に残さなければならないのか。

「これじゃどっちに尊厳がないのかわかんないね」

痛いとか、やめてとか、そういうことを言ったら負けな気がして、私は平静を装って憎まれ口を叩いた。

「こんなところで人のお腹なんて吸って。恥ずかしくない？」

「別に。わかばを傷つけられるなら、恥も恥じゃない」

いっそ清々しいまでのクズ発言である。考えてみれば彼女に挑戦し続けたからといって、ここまで嫌われるのはおかしいのではないか。

いや、ことあるごとに突っかかってくるやつがいたら、そりゃ嫌いになるか。

でもここまでするのはやっぱり小牧の性格が悪いからだ。小牧は屈折している。私だって人にとやかく言えるほど性格がいいとは思っていないが、小牧ほど悪くもないはずだ。

今でも小牧の幸せを少しは願っているし、泣いてほしくない、とは思っている。嫌いだからって、傷ついて痛い思いをして泣いてしまえばいいなんて思えない。小牧の方はきっと、私とは違うのだろうが。

「最低」

ぽつりと呟いた私の言葉に何を思ったのか、小牧はお腹に軽く噛みついてくる。痛くはない。歯形を残すつもりはないらしく、甘える子犬みたいにお腹をやわやわと甘噛みしてきた。

軽く噛んだところを確かめるようにして舌でなぞり、納得がいっていません、みたいな感じで首を傾げる。

ほんと、なんなんだろう。

「……梅園」

小牧は返事をしない。静寂の中で、彼女の舌が私のお腹の上を滑っていく。キャンバスにでもなった気分だ。筆の代わりに柔らかくて適度な温かさを持った舌が走り、私を染め上げていく。

絵の具と違って色のない唾液だけが、確かに私の上を動いていた彼女の舌の軌跡を教えてくれる。

くすぐったさがなくなり、唾液が乾くと、途端に軌跡は存在が薄ぼやけて、何もわからなくなっていく。消えていく。彼女の残そうとしているものも、彼女の行為も、全て。

彼女はそれでいいのか、そっと頭を上げた。

お腹を撫でてみるが、何の跡も残っていない。なぜ、こんなにも不安になるのだろう。

行為の感触が確かめられないだけで、彼女が消えるわけではないはずなのに。

小牧の跡なんて、体に残したいとは思えない。思えないのに。

「なんで」

私は掠(かす)れた声を上げた。

「なんで梅園は、私の大切なものが欲しいの？」

そんなの、私が嫌いだからに決まっている。

　でも、本当に？

　嫌いな相手に嫌がらせをしたいなら、小牧がやらなくたって、いくらでも他人にやらせられるはずだ。それだけの力が彼女にはある。わざわざその手を汚してまで私の尊厳を踏みにじり、大切なものを奪おうとする。

　その理由は、本当に私が嫌いだから、だけなのだろうか。

　疑問には思うものの、じゃあ他になんの理由があるんだと言われれば、わかるはずもない。だから彼女の言葉を聞きたいのだ。

「わからないよ、わかばには」

「どうして」

「わかばは、わかばだから」

　哲学的な話である。確かに私は私で、小牧にはなれないし、夏織にも茉凛にもなれない。それがどうしたというのか。

「嫌いなら、嫌いって言えばいいじゃん」

　私は放り投げるようにそう言った。放り投げた言葉は小牧の頭でぽんとバウンドして、そのまま階段を転げ落ちていく。

「わかばは馬鹿だ」

「何それ。回文？」

「そういうところが嫌い。見えないんだよ、わかばは」

「見えないって、何が」

「いい。どうせ、何を言ったって無駄だってわかってるから」

私のお腹を軽く叩いて、小牧は階段を降りていく。自分で勝手に完結して、去っていこうとする彼女。全くわからない。彼女が何を考えていて、私を一体どうしたいのか。いっそ私の嫌いなところだの、欠点だのをあげつらえばいいのにと思う。

私は小牧のことが嫌いで、小牧も私のことが嫌い。

そういう前提がなくなってしまうと、彼女のことが今よりもっとわからなくなりそうだった。

「馬鹿はそっちじゃん、馬鹿」

呟いた言葉は、今度は誰の頭にも乗らないまま階段を転げ落ちていった。

★

一番ではないけれど、なんだかんだ仲の良い友達。それが中学二年生までの私にとっての小牧だった。

それが変わったのは、当時好きだった先輩が小牧に取られてから。

いや、取られた、というのは語弊がある。片想い（かたおも）していた先輩と小牧が付き合って、一ヶ月も経たないうちに小牧が先輩を振ったのだ。それだけなら普通によくある話だろう。なんとなく付き合ったけれど、何かが違って別れた。そんな話は、友達から何度も聞いたことがある。

でも、それだけで終わらなかったから、私は小牧のことが嫌いになったのだ。

「わかばがあの人のこと好きだって知ってたから付き合った。だから、捨てた。別れる時、なんて言ったと思う？　俺のどこが不満なんだー、駄目なところは直すからーだって。前提がそもそも違うのにね」

小牧は平然とそう言い放った。多分、あの時ほど人を恨んだことはないと思う。

色んな感情がごちゃ混ぜになって、喉をかきむしりたくなったのをよく覚えている。

私がもっと早く先輩に告白していたら、もしかしたら付き合えたかもしれない。私が小牧と出会っていなかったら、先輩は傷つけられずに済んだかもしれない。憎いのは私を傷つけるために先輩を傷つけた小牧だった。

でも、私がそもそも小牧に嫌われるようなことをしなければよかったのかもしれない。

小牧があんなことをした原因の一端は、間違いなく私で。私が遠因になって好きな人が傷ついて。

何より、必死になって小牧に縋る先輩に勝手に幻滅してしまう自分が、誰よりも最低だと思った。

小牧の性格が歪んだ原因も、多分私にある。私がもっとしっかりしていたら彼女は人を今より見下していなかったかもしれないし、性格が歪んでいなかったかもしれない。全部後の祭りで、今ある現実が全てだと、わかってはいるのだけれど。

「いやぁ、晴れてよかったねー」

猫みたいに目を細めて、茉凛が言う。薄いピンクのテニスウェアを着た彼女は、春の妖精みたいだった。

今は六月だから、季節外れだ。

私たちはこの前の約束通りテニスコートに来ていた。休日のコートにはまばらに人がいるが、混んでいるというほどでもない。

「うん、テニス日和」

小牧が応じる。小牧は白いウェアを着ていた。クレーコートでドロドロになればいいのに、と思う。

テニスにはあまりいい思い出がない。件の先輩とはテニス部の先輩後輩の関係だったのいた。

だ。男子テニスと女子テニスは部が分かれていたけれど、私は頻繁に先輩に会いに行って

恋に恋していたのかもしれない、とは思う。爽やかでテニスが上手で、さりげない気遣いが素敵で。だけど、小牧に捨てられてからは見る影もなくて。今となっては本当に好きだったのかもわからないが、あの時慰めてあげていれば、何かが変わったのだろうか。

少しだけそう思ってしまう自分に、笑ってしまう。

多分、何も変わらなかっただろう。小牧には人を惑わせる魅力があって、先輩はそれにすっかりやられていた。

変えるなら、もっと根本を変えるべきだった。小牧が人を見下さないように、私のことを嫌いにならないように接するべきだったのだろう。私は今でも、小牧との付き合い方を間違えたことを後悔している。

一つだけ、彼女が今みたいになってしまった理由に心当たりがある。きっと、いや、間違いなくそれは、私の失敗が原因だった。

「じゃーまずは軽くボレーボレーして、その後試合形式でやろっか」

茉凛はふわふわした笑みを浮かべた。

「ちょっとー。ここに初心者がいるんですけどー」

夏織がぶーぶー文句を言う。

「まあまあいいからいいから。どうにかなるよ」

「適当だなぁ。私、マジで授業でしかやったことないのに」

軽く準備体操をしてから、私たちは二組になってボールを打ち合った。自然と、流れで小牧とペアを組むことになる。小牧は中学時代も、部で一番テニスがうまかった。私は例によって二番手である。

「久しぶりだね、わかばとやるの」

「そーですね」

かつてあれだけの悪意を向けられたのに、嫌い嫌いと思いながらも小牧と一緒にいる私って、どうなんだろう。やっぱり、おかしいのだろうか。

「腕、鈍(なま)ってない？」

「それはこっちのセリフだけどね」

小牧の腕が鈍るなんてありえないとわかっているのに、軽口を叩く。私は黄緑のボールをぽん、と彼女に向かって打った。

「わかばってさ」

二人きりじゃないせいか、小牧の声が高い。耳が痛いなぁ、と思いながら、私は彼女から返ってきたボールを打った。振動止めをつけていないラケットから、微(かす)かに衝撃が伝わる。

「よく茉凛とこういうことしてるの？」

茉凛たちはコートの片面で言い合いをしながらボールを打ち合っている。こっちの話なんて聞こえていない様子だ。

「まあ、それなりに」

「部活、途中でやめたのに仲良いんだ」

色々いたたまれなくなって、私は中二で部活を辞めた。でも茉凛とはなんとなく波長が合うから、それからもずっと一緒にいる。恐らく、一番仲がいい友達だと思う。中学の頃からずっと、それは変わらない。

「なんで部活辞めたの？」

「それ、梅園が言うんだ」

小牧を梅園と呼ぶようになったのも、あの事件があってからだ。

「あれが原因？」

「あれ以外に、原因ないでしょ」

部活を辞めた理由は、茉凛には話していない。話せるわけもない。

「残ればよかったのに」

ぽーんと、ボールが大きく弧を描いて飛んでいく。小牧はそれを小走りで取りに行ってから、私の近くまで歩いてきた。

「ねえ。あの人の、どこが好きだったの？」

耳元で囁かれて、私はびくりと体を跳ねさせた。小牧は嗜虐的な笑みを瞳に浮かべて、蛇みたいに私を見ている。

やっぱり、性格悪い。

「梅園に言ったって、わからないよ」

この前の意趣返し、というわけではない。ただ、誰かを好きになるということを、きっと小牧は理解できないだろうと思っただけだ。

一人で完成されている彼女は、誰かを常に見下している。そんな彼女が自分より劣った存在を好きになることなんてあるのか。

いや、あるはずがない。彼女は人を意のままに操ることはできても、好きになることなんてないのだろう。嫌いになることはあると、わかっているが。

「梅園は人のことを嫌いになれても、好きになることはできないでしょ」

小牧は一瞬目を見開いて、やがて眉を顰めた。周りには見えないくらい、微かに。

「わかばなんかに勝手に決めつけられると、腹立つ」

「だったらあの時みたいな感じじゃなくて、ほんとに好きになった人と付き合えばいいじゃん」

少し険のある声になってしまう。今更怒ったって仕方がないのに。

「……ほんとに好きになった人、ね」

独り言のようにそう言う彼女の顔は、どこか、泣いているようにも見えた。胸がずき、と痛む。この顔を、私は何度も見たことがある。彼女はプライドとか色々なものが邪魔して泣けないから、この顔を、心で涙を流すのだ。でも、今そんな顔をするのはなぜなのだろう。

「そんな人と付き合うことなんて、一生ないから」

吐き捨てるように言って、彼女はネットを飛び越えた。スコートがわずかに揺れて、彼女の匂いが鼻腔をくすぐる。

ぼーっとしていると夏織たちの方からボールが飛んできて、私の頭に直撃した。

「あっやべっ」

夏織の声が聞こえる。私は吹き飛んだボールを拾って、彼女の方を向いた。

「夏織ー？」

「ごめんごめん、怒んないで」

はぁ、と息を吐く。頭にボールがぶつかった衝撃で色々なものがこぼれ落ちて、さっきまで何を考えていたのかよくわからなくなる。私は小牧の方を見ないようにして、夏織にボールを打った。

「鍛えてあげる。夏織、随分コントロールがあれみたいだから」

「お、お手柔らかに」

私はそのまま夏織とラリーをした。

その間、小牧の方から視線を感じながら。


「うえぇ、負けた。容赦なさすぎでしょ経験者。大人気ない」

「私も梅ちゃんに負けたけどねー」

遊びに来ているのに、シングルスで試合形式をしているのはなぜなのだろう。ダブルスで交代しながらやった方が楽しいのではないか。そう思いながら茉凛の方を見るが、彼女は笑顔で手を振ってくるばかりだった。

茉凛は一体何を考えているのだろう。あれで結構頭が良かったりするから、私にはわからないような高度なことを考えている……感じじゃないな。

「表と裏、どっち？」

小牧がネットに近付いて言う。

「裏」

くるりと回ったラケットのエンドマークは、表向きだった。やはり、小牧は運の神にも愛されているらしい。

「じゃ、サーブで」

そう言ってから、小牧は私の服の襟を摑んで、耳に顔を寄せてくる。

「どうする？」

唇が微かに耳たぶに触れる。大事なものを賭けた勝負にするか、しないか。それを聞いているのだろう。しないと言ったらこのまま耳でも舐めてきかねない空気を感じる。二人の前でそんなことをされたら、私も小牧も終わりだ。

だというのにこんなにも余裕なのは、私が何を言うのかもうわかっているためだろう。

「しよう、勝負」

小牧はにこりと笑った。いつもの如く、嫌になる程綺麗な笑みだった。

そして、試合が始まる。

いや、試合は始まっているが、始まっていないとも言える。

「ラブフォーティー」

間延びした茉凛の声が聞こえる。弾丸のような速度の小牧のサーブを視認することすら叶わず、体が動かない。部活をしていた頃よりも、速度に磨きがかかっている。私は背中に汗が滲むのを感じた。

二ゲーム先取した方が勝ちのルールだが、すでにゲームを落としそうになっている。小牧は何を思ったのか、軽やかなアンダーサーブを私に放ってきた。

軽んじられている、のではない。何かを企んでいるのは、彼女の笑みを見れば明白だった。私は必死になって球を打ち返すが、その全てが軽々と彼女に返されてしまう。どこに打っても、どんな打ち方をしても、無駄である。

ふと、私は自分がひどく無意味なことをしているように思えた。

何をどうしたって小牧には勝てないのに、どうして私は勝負なんて挑んでいるのか。その先には、自分が傷つく未来が待っているだけだというのに。

『わかば』

今のものじゃない、遠い昔の小牧の声が聞こえる。私はボールを追いかけながら、その幻聴を追った。

『私、にんげんなんだよね？』

幼い小牧の顔が浮かぶ。彼女はさっきみたいに、苦しそうで、泣いているみたいな顔で私に問うてきた。

人間に決まっている。どれだけ完璧に見えたって、小牧は人を嫌いになったり、意地悪したくなったりする程度には人間だ。しかし、こうして何度も勝負に負けていると、それも段々わからなくなってくる。

本当は、小牧は天から遣わされた天使か何かで、それを彼女自身が忘れているだけなのではないか。

そんな馬鹿馬鹿しい仮定すら、本当のことに思えてしまう。

私は必死になって彼女の打ってくるボールを打ち返すが、フレームに当たったのか、ふわりと浮かび上がってしまう。そんな隙を逃す彼女ではない。羽が生えたみたいに軽やかにジャンプした彼女は、ボールをそのまま私のコートに打ち落とした。

弾けるような音がして、ゲームが終わった。

地上に舞い降りた小牧は確かに天使のような顔をしていて、私の目は完全に彼女に奪われた。汗ひとつかいていない白い肌。肩にかかった、明るい茶色の髪。髪には天使の輪が浮かんでいて、その先に、太陽が見える。

これは、天罰なのだろうか。

愚かにも天使に勝負を挑んだ人間への、天界からの罰。

そんなの、ありえないだろう。

確信を持ってそう言えないくらいには、私の心は乱されてしまっている。

「次、そっちサーブね」

小牧は微笑(ほほえ)みを湛(たた)えていた。その瞳の奥に、私を見下す色はない。珍しいな、と思いながら、ボールを手に持った。

結果は言うまでもなく、散々だった。

もちろん勝つつもりではいたのだが、過去の幻聴とありえない考えに悩まされて、集中力を欠いてしまった。もっとも、集中できていたとしても、多分三ゲーム目には負けていただろう。

それほどまでに、小牧と私の実力の差は歴然としていた。

「私の勝ち」

さして感動した様子もなく、平然と言う。彼女にとっては勝つのが当たり前だから、なんの感慨もないのだろう。私がもし小牧に勝ったら、盛大に胸を張ってお前の負けだと言ってやるというのに。

「飲み物、買ってくる」

「私も行く」

小牧はラケットをネットに放って言った。

彼女にとってラケットはそれくらい軽いもので、どうでもいいものなのだろう。私はラケットをベンチに置いて、コートの外に出た。

小牧がテニス部に入ったのは私の影響、だと思う。それまで彼女はテニスのテの字もないくらいテニスに興味がなかったが、私が部に入ると言ったらついてきた。これでもそれなりに小さい頃から頑張ってきたから、一ヶ月も経たずに小牧に追い抜かされた時は愕然(がくぜん)としたものだ。

全ていい思い出、と言えるほど割り切れてはいない。

私が大事にしてきたものは小牧にとっては全部どうでもいいものなのだろう。

先輩への恋心も、頑張ってきたテニスも——私自身も。彼女にとっては等しく無価値で、さっきのラケットみたいに無造作に放り投げられる程度の存在でしかないのだ。

ムカつく。非常に、とても、ムカつく。

小牧にも何か大事なものができれば、自分が今まで捨ててきたものがどれだけ他人にとって重要なものだったかわかるだろう。

できることなら私がそれを見つけ出してやりたいと思う。

そして、言ってやるのだ。お前が今まで軽んじてきたものは、すごくすごく大事なものだったのだと。

「何飲む？」

「メロンソーダ」

「ワンパターンだ」

「いいし、別に」

コートから少し歩いたところにある自販機で、小牧はメロンソーダを買った。そして、それを私に放り投げてくる。慌ててキャッチすると、彼女は笑った。

「ちょっと。炭酸抜けるでしょ」

「細かい。奢(おご)ってあげてるんだから感謝しなよ」

「恩着せがましいし。……混ぜないでよ？」

「混ぜないよ。スポドリ買う」

私は彼女の好みを知らない。特定の味を好むということがなく、小牧はいつも違う飲み物を買うのだ。好みがないと思っていたから、ドリンクバーで混沌ドリンクを作り出したときには驚いた。

まずくなるのが好き。それは心理的な意味なのだろうが、もしかすると、単に味音痴だからあんなものを好んでいるのかもしれない。

私はスポーツドリンクを飲んでいる彼女に目を向けた。白く滑らかな喉が動いて、胃に飲み物を送り込んでいる。その動作すら絵になるのが、ずるいと思う。美人というのはそれだけで人生の楽しさとかが二割増しくらいになっている気がする。

私は彼女の横を通り抜けて、自販機で夏織と茉凛の飲み物を買う。夏織はコーラで、茉凛はミルクティだ。これくらいわかりやすい好みの方が、色々考えなくていいから楽だ。

「それ、美味しい？」

「普通」

小牧はつまらない答えを返してくる。

「……好きなもの、ないの？」

「わかば」

微かに心臓が跳ねる。彼女は私をまっすぐ見つめていた。いや、別に彼女は私を好きだと言ったのではなく、私の質問を無視して名前を呼んできただけなのだ。わかっているが、不意打ちだったから驚いた。それだけだ。

そっと小牧の顔が近づいてくる。

もう慣れてしまっている私は、何も言わずに彼女が近づいてくるのを待った。目を閉じると変に意識をしてしまうから、目を開けたまま彼女を迎える。

人工甘味料の染み付いた舌が、私の舌を搦め捕る。運動した後だからか、彼女の舌はひどく熱い。冷えた飲み物でも全く冷ませない程度の熱がこもっているようだった。私は頭が茹っていくのを感じた。

小牧とキスするなんて最悪だ。そう思っていたのが遠い昔のように感じられる。どうせキスされるのを避けられないのなら、せめてこの間だけは心地好さと彼女の体温に身を委ねていた方が、心穏やかにいられる。

そうわかっているから、私は何も考えずに彼女の唇を貪った。

「小牧ちゃんは私のことが大好きなのかな？」

唇が離れると、私はからかうように言った。

「そうだって言ったら？」

彼女は凍りついた表情を浮かべていた。何を考えているのか、全くわからない。私が彼女について知っていることは、実はそう多くない。勝負して、負けて、遊んだりもして。長い間一緒にいたのに、私はまだ彼女のことを全然摑めていない。

嫌になるくらいに。

「信じない。好きな人の尊厳を奪おうとするとか意味不じゃん」

ふん、と鼻を鳴らす。小牧は瞬(まばた)きという運動を忘れてしまったかのように、私を凝視し続けている。

「そうでもないかもよ。好きだからこそ、全部奪いたいと思うこともある」

「好きって、互いに尊重し合うってことでしょ」

「違う。互いの目を奪って、心を奪って、他に何も映らないようにするのが好きってことだよ」

歪(ゆが)んだ考え方だ、と思う。誰かを好きになったって、その人のことだけを考えて生きていけるわけではない。好きな人以外にも大事なものがあって、大切にしたいものがあって、そうやって人は生きている、はずだ。

小牧は違うのだろうか。誰かを好きになったら何もかも捨てて、その人のことだけ考えられる。そんなの、ありえるのだろうか。

ありえるとしたら、どうなのだろう。性格を除けば完璧に近いこの少女に愛される人間は、幸せなのかもしれない。

もし何か奇跡が起こって小牧が誰かを好きになって、付き合う日が来たとしたら。私はその時、何を思うのだろう。

「曲がってる。歪んでる。間違ってる」

私は夏織たちの分を近くに置いてから、メロンソーダのキャップを開けた。ぷしゅ、と音がして、泡が溢れる。慌ててキャップを閉めたが、もう遅い。溢れた緑色の液体は私の手を汚して、ベタベタにしてしまう。

公衆トイレの石鹸と同じ色なのに、得られる結果は真逆である。

その辺の水道で洗ってこようと思ったが、ふと思いついて、汚れた手を彼女の方に差し出した。

「舐める？　大好きなわかばちゃんのおててだよ」

かなり馬鹿にした声色で言うと、さすがに気分を害したのか、彼女は眉を顰めてそっぽを向いた。彼女の両手は、ぎゅっと握られている。

「好きな人ができたらさ。舐めてあげたら？　喜ぶかもよ」

私は近くの水道で手を流してから、ペットボトルに口をつけた。どんな気持ちで飲んでも、メロンソーダはメロンソーダだ。

「喜ぶわけない。変態じゃないんだから」

「じゃあ、彼氏ができたら試してみる。変態って言われたら梅園の勝ちね」

「そんな勝負、受けないから」

彼女は不機嫌そうに言う。私たちはしばらくそうして無言で飲み物を飲んでいたが、さすがに夏織たちに買った飲み物がぬるくなってしまうため、コートの方に歩き出した。

「ねえ、梅園」

　夏の始まりを感じる風が、私と小牧の間に吹いている。小牧は流れる髪を押さえて、私の方を向いた。

「あれ、どういう意味なの？」

　ほんとに好きになった人と付き合うことなんて、一生ない。彼女はさっき、そう言った。それは単に彼女が人のことを好きになれないために出た言葉なのか、それとも、叶(かな)わない恋でもしているのか。

　小牧が本気で落としにかかれば、男だろうと女だろうと簡単に落とせるはずだ。彼女に叶わない恋なんてあるはずがない。

　さっきからずっと気になっていた。彼女があんな顔であの言葉を口にした理由が。

　小牧は、完璧すぎる自分は人間ではないかもしれないなんて、小さい頃本気で悩んでいた。その不安を打ち明けてきた時の表情によく似ていたから、心配になる。

「あれって、何」

　小牧は眉根を寄せた。だよね、と思う。わからないように聞いたんだから、当たり前だ。

「なんでもない！　忘れん坊さんに聞くことじゃなかったね」

　私はいつものように笑った。

わかるように聞いて、前みたいに悩みを打ち明けられて。

それで、前みたいに間違った対応をしてしまったら。今度は何が起こるのかわからなくて、どうしようもなく不安だから。だから聞きたいこともまともに聞かず、逃げた。

私は馬鹿だ。本当に。

★

管理事務所の備え付けのシャワーを浴びて、着替えを済ませる。今日は三時間しかコートを借りなかったが、小牧がいたためか、茉凛と二人で遊ぶ時の数倍は疲れた。しかし、早くに来たため、まだ現在時刻は午後二時で、遊ぼうと思えば追加で遊べる時間だ。

前を歩く夏織が「筋肉痛確定だよー」なんてぶつぶつ文句を言っている。小牧が肩を並べると、夏織は目に見えて動揺して、挙動不審になった。わかりやすいなぁ、と思いながら、私は苦笑した。

「夏織ちゃん、梅ちゃんのことほんと好きだよねー」

「確かにね。緊張しすぎて不審者みたいになってるし」

私たちはくすくすと笑い合う。夏織は必死に小牧と話しているためか、私たちの会話が聞こえていないらしい。

「憧れの人なんだって」

「うん？」

「困ってる人を助けてる姿がかっこよくて、憧れるようになったって言ってた」

「へえ」

小牧が人を助けるなんて殊勝なことをするとは驚きである。しかし、彼女の外面の良さは筋金入りだから、そういうことをしていてもおかしくはない。でも、きっと心の中では、こんなことで困るなんて、みたいな見下し方をしているんだろうなぁ。

「わかばはどう？」

「何が？」

「梅ちゃんのこと、好き？」

丸い瞳が私を見つめている。茉凛はおっとりしているが、意外と目力がある。心の骨格を見透かされているような気がして、私は目を細めた。

「どうだろうね。好き、ではないかな」

本当は、嫌いだ。嫌いなものを三つだけ消してあげると言われたら候補に入るくらいには。でも、同時に、自分でも不可解なほどに彼女を気にかけている。過去の失敗のせい、だけじゃなくて、なんだか放っておけないというか、無視できないのだ。

それは彼女があまりに完璧なためでもある。完璧という座から引きずり下ろして、笑ってやりたいという気持ちだって、確かに存在している。

だから今まで勝負を挑んできたし、これからも挑み続けるのだ。

しかし、改めて考えてみると、私と小牧の関係は複雑だ。互いに嫌い合いながらも一緒にいて、勝負なんてしている。傍から見れば仲良しなのかもしれないが、実際の私たちは絡まった糸みたいにぐちゃぐちゃでわけがわからない。

ただ一つ確かなことがあるとすれば、私たちが互いを好きになることは、絶対にないということだけだ。

「ふーん……？」

茉凛は首を傾げている。何か、おかしなところでもあっただろうか。

「私が見てる限りだと、そうじゃないんだけどなー」

「どういうこと？」

茉凛とは、小牧について話すことなんてほとんどなかった。私たちは二人でいると、もっと別のことで会話が弾む。

「だって、梅ちゃんのこと見てる時のわかば、すごく優しい顔してるから」

私は目を丸くした。そんなことを言われたのは初めてだった。昔ならまだしも、今の私がそんな顔で小牧を見ているはずがない。

確かに、小牧を恨む気持ちはもうほとんど残っていない。でも確かにあの時の恨みが私の心に小牧が嫌いになったという結果を残していて、だから私は今でも小牧のことが嫌いなのだ。

それに、先に私のことが嫌いだと意思表示してきたのは小牧だ。私はあの事件が起こるまで、小牧のことは大事な友達だと思ってきた。それなりに仲が良くて、度々勝負を挑みはしていたけれど、好意だって抱いていたのだ。

たとえ普通の人を見下していても、一緒に遊ぶとやっぱり楽しくて。そんな私が小牧のことを嫌いになったのは、あの事件がきっかけなのだ。

だが、多分、私は嫌いという感情よりも、恨みよりも、一番強く抱いた感情は、悲しみだったと思う。私は彼女に友情を抱いていて、言葉にはしないけれど彼女も同じだと思っていたから。

傷つけたいと願うほど、私のことを嫌っていると知って、悲しかった。

そのくせ修学旅行では私を抱き枕にしようとするから、私は彼女のことがわからなくなった。

高校だって、彼女の成績ならどこにだって行けたはずなのに、わざわざ私と同じ高校を選んだのはなぜなのか。別に、家からすごく近いわけでもないのに。

わからない。あの事件があってから、小牧のことが余計にわからなくなった。

でも、色んな疑問を彼女にぶつけたりなんてしたら、また悪い変化が起きるのではないか。そんな不安に駆られる。

もっとも、尊厳を奪われている現状が一番悪いのだろうけれど。

「茉凛が言うならそうなんだろうけど。あっちも私のこと、好きではないと思うよ」

「そっかなぁ。んー……ま、いっか。わかばー」

「はいはい」

茉凛は私の腕をとって、自分の腕に絡ませる。猫みたいだ、と思う。程よく筋肉のついた腕は、小牧のものとはやはり違う。どちらがいいかと言われれば、持ち主の差で茉凛の方だろう。

「わかばは小さくてかわいいねー」

「いや、皆が大きすぎるだけだと思うんだけど」

今更大きくなりたいなんて思うほど子供ではないが、背が低いとこうやって軽んじられるから困る。

単に私が人から舐められやすいだけかもしれないが。

……いや、舐められるって、小牧みたいにお腹を舐めてくるような人はさすがにいない。

どうしてそっち方面のことを考えてしまうのか。

「わかばの右腕は私のだねー」

「私のでしょ。勝手に所有権を奪わないで」

「あはは」

もう夏だというのに、彼女はベタベタと私にくっついてくる。髪が腕に当たって少しくすぐったい。

しかし、茉凛の行動が突拍子もないのは今に始まったことでもないし、くっつかれるのは嫌いではない。だから私はそれ以上何も言わなかった。

歩いていると、不意に小牧が私たちの方を向く。彼女は何を考えているのかわからない無表情で、私と茉凛を眺めていた。でも、それはほんの数秒で、すぐに夏織に笑顔で話しかける。

笑っている姿は、普通の高校生だ。

私の前でも、そういう顔をしていればいいのに。そしたら私だって、もっと和やかに彼女に接するかもしれない。少しだけ、そう思う。

実際は、いつもと同じ感じになるだけだろうけど。

結局あの後、四人で近くのカフェに寄って軽食をとってから解散になった。夏織は動き回りすぎたせいか、電車に乗っている最中爆睡していた。テニスコートから一番家が近いのは夏織だったから、可哀想だと思いながらも起こして下車させた。

住んでいる地域は同じだけど最寄りが一駅違う茉凛と別れて、小牧と二人きりになる。あと一駅で私たちの最寄りに着くタイミングで、小牧は私の膝の上に手を置いた。

手は徐々に上へ上へと来て、私の腕に触れる。何がしたいのかがわからず、周りに目を向ける。同じ車両には、ほとんど人がいない。乗っている人も遊びから帰ってきて疲れているのか、船を漕いでいた。

まさか服を脱がされたりはしないだろうと思いながらも、じっと彼女の手を見つめる。西日に照らされて、白くて細い指がきらめく。何かを塗っているらしい爪は、瑞々しい輝きを秘めている。私はその光で、少し目が痛くなった。

「爪、何塗ってるの？」

奇妙な空気を打ち破るように、尋ねる。

「クリアネイル」

「へー……綺麗だね」

言われ慣れているだろうセリフだ。だから彼女は、表情一つ変えない。変えられても困るけれど。

「わかばも、塗れば」

「私？　私は、いいや。見てるだけで十分」

「ふーん」

彼女は相変わらず、興味がなさそうだった。会話が止まる。かつては沈黙の方が珍しいくらいにはよく話をしていたが、高校生になってからは、こうして何も喋らなくなる時間の方が多くなった。

互いのことが嫌いだとわかっているのに白々しく仲良くしようという気は、私にはないし、小牧にだってないのだろう。

今の私たちにはこの沈黙が合っていて、これが適切な距離感というやつなのだ。

順番こで話を振って、先に話題がなくなった方が負け、という勝負はどうだろうか。挑んだら、負ける気がする。やめておこう。さすがにここで尊厳がどうのといって無茶なことはしてこないだろうから、今は勝負のことを忘れてもいいはずだ。

「ねえ、わかば」

「ん？」

「今日、土曜だよ」

「知ってる」

忘れているはずがないとは思っていたが、やはりである。お母さんには小牧が遊びに来ると連絡してあるから、逃げ場がない。

今度は何をされるのだろう。少し、不安になった。

「本当に、来るつもり？」

「なんで」

このなんでは、なんでそんなくだらないことを聞くのか、の意だろう。

「高校生にもなって二人きりでお泊まり会って、子供っぽいじゃん。しかも、二人ですることなんてないし」

「……ある」

「何するの」

「ゲーム」

思わぬ言葉だった。確かに小牧とは昔よくゲームをしていた。だが、高校生が二人きりでお泊まり会を開いてゲームをするというのは、なんだかおかしなことのようにも思える。ましてや、仲がいいならともかく、私と小牧である。

「……そんなことのために、わざわざ泊まるなんて言ったの？」

「うだうだ言わないで。わかばは何も疑問を抱かなくてもいいの。最初から、拒否権なんてないんだから。理由なんて考える必要ない」

強引だ。確かに、まだ彼女との勝負に勝てていない私には、尊厳が認められていないのだから拒否権もない。

彼女が私の家に来たい目的がどうあれ、断れないのだから理由など考える必要はないのだろう。

私は小さく息を吐いた。

すると、手を握られる。きゅっと、確かめるように、大事なものに触れるように。その感触を信用することができなくて、体がこわばった。何を企んでいるんだろう、なんて思う。

彼女の表情を見ると、相変わらず無感動だった。私の手を握って、何がしたいのか。私が嫌がる様を見たいのか。ならばと思い、嫌そうな顔をしてみる。小牧は瞬きせずに私の顔を見るだけで、楽しそうな顔なんて一切浮かべない。

恥を恥とも思えないほどに、私を傷つけたいのではなかったのか。

やっぱり、わからない。

強引かと思えば、静かに手を握って。一体、何がしたいのだろう。

「ねえ」

かたん、かたん、と電車が揺れる。たった一駅なのに、その距離がひどく長く感じた。引き延ばされたみたいに時間が緩慢に流れて、その分小牧の体温を感じる時間も長くなる。

「茉凛と何話してたの？」

ずっと仲良い友達のままでいられればよかった。

最初から、小牧は私のことが嫌いだったって、わかってはいる。

でも、初めて会ってから十年以上友達として付き合ってくれていたのだから、偽りの関係を疎遠になるまで続けてほしかった。そんなのただのわがままだけれど。

「私の右腕の話」

「何それ。組織の者か何か？」

「私の右腕、茉凛のものなんだって」

私の右手を握る小牧の手に力が入る。少し、痛い。

「私のものでしょ」

「私の体の所有権を主張するのって、流行ってたりする？　夏織に左腕取られたらどうしよう」

くすくす笑う。でも、小牧はくすりともしない。

私の大事なものを奪おうとしている小牧は、私の右腕が誰かのものになるのが気に入らないのだろうか。確かに右腕は大事なものだ。でも、茉凛にも小牧にもあげるつもりはない。

「わかばの所有権は、私にあるから」

「尊厳だけじゃないんだ」

「尊厳を捧げるっていうのは、全てを捧げるってことだよ」

「拡大解釈じゃない？」

　電車が緩やかに速度を落としていく。茜色に染まった窓の外の景色が、見慣れたものに変わっていく。駅のホームが見えてきて、私は立ち上がろうとした。

「どうせ、同じだよ。勝負を続けてれば、わかばの大事なものは全部私のものだから」

　彼女は勝つことを疑っていない。今日だって私は負けたのだから、当然かもしれないが。

「そのうち私の臓器、オークションにかけられたりしてね」

　ぷしゅ、と音がして、電車の扉が開く。夏の風が電車の中に吹き込んできて、私の髪も、小牧の髪も流れていく。

「勝つよ、梅園。一年後でも、二年後でも、いつか」

「三年後は？」

「高校卒業するまでには、勝つ」

　私はもう片方の手で彼女の手を握って、立ち上がらせた。急いで扉の外に出ると、熱気が肌にまとわりつく。それでも小牧は手を離そうとしなかった。

「もし私が勝ったら」

　駅のホームで両手を繋いでいる高校生。きっと傍から見れば、奇妙なんだろうと思う。

「一個だけでいいから、私の願いを叶えてよ」

「お願いできる立場じゃないけどね、今のわかばは。……でも、いいよ。勝てたらね」

「言質とったから。約束守ってよ」

もし私が勝ったら、小牧とは一切の関係を絶つべきだろう。

元々私が勝手に彼女に突っかかって始まった関係だ。なら、勝利と共に終わらせるのが一番いい形だろう。

互いのことが嫌いになった時点で終わらせるべきだった関係が、様々な要因によって断ち切られることなく続いてしまった。ねじれて絡まってしまった関係は、もはや修復が不可能だから、行き着く先は一つしかないのだ。

このまま今の関係を続けていたら、私は多分、おかしくなる。

勝たないといけない。何があっても。

★

「ほんと久しぶりねー、小牧ちゃん」

お母さんは満面の笑みで小牧を迎えていた。小牧は私以外の人間に対してはいつもよそ行きの態度をとっている。私の両親もその対象で、小牧はにこにこと、無駄に爽やかな笑みを浮かべている。

「はい、ご無沙汰してます。わかばとはいつも仲良くさせてもらってます。ね？」

ええ、非常に仲良くさせていただいておりますとも。私はにっこり笑った。

「そだね。なかいいもんね、わたしたち」

あはは、と笑い合う。

お母さんは微笑ましいものを見る目を私たちに向けている。自分の娘が幼馴染に尊厳を握られているなんて思いもしていない顔だ。思っていたら怖いけれど。

私はそのまま部屋に行こうとしたのだが、小牧に引き止められる。

「待って。お風呂、入る。一緒に」

さっきシャワーを浴びたばかりではありませんか。言いかけて、止めた。

小牧は絶対に譲らない、といった顔をしている。何をしようとしているのかはわからないが、今日も勝負に負けた私は、多分彼女にまた大事なものを捧げなければならないのだろう。

大事なもの。

ファーストキス。デート。そういう類で、私が大事にしているもので、まだ彼女に捧げていないものといったら。

いや、さすがに彼女も、そこまではしないだろう。いくら嫌いな相手を傷つけるためにキスをする人間であっても、さすがに。

「着替え、私の部屋にあるんだけど？」

「……じゃあ、とってきたらすぐ入る。私、着替え持ってきてないからわかばのやつ着る」

「家近いんだから、持ってきたら？　私の服、サイズ合わないでしょ」

「別にいいから、早く」

「……風邪引いても知らないからね」

　私はため息をついてから、自分の部屋に行った。私の服はどれも小牧が着るには小さすぎるが、その中でも大きめの服を選んで脱衣所に向かう。脱衣所に小牧の姿はなかった。洗濯籠を見てみると、小牧の服がある。すでに浴室に入っているらしい。

　なんなんだろう。

　小牧に尊厳を捧げてから、幾度となく抱いてきた疑問と不可解さを今日も抱えたまま、私は服を脱いで浴室に入った。

　すでに彼女は椅子に座っていて、自分の髪を洗っている。普通の家だから、あまり浴室は広い方ではなく、私は立って彼女が体を洗い終えるのを待つことにした。こんなことなら、もっと時間をかけて服を選べばよかった。

　ようやく彼女が体を洗い終える頃には、私の方が風邪を引きそうになっていた。

「先、入ってればよかったのに」

「私、体洗ってからじゃないと浴槽に入りたくない派だから」

「……まあ、わかるけど。私もかけ湯だけでお風呂入るの、ちょっと嫌」

小牧はお風呂に浸かりながら私を見ている。誰かに見られながら体を洗うのは初めてなので、少し、いやかなり落ち着かない。視線が全身に突き刺さるような感じがして、肌がピリピリする。

幼馴染ではあるが、私たちは頻繁に一緒に入浴するような仲ではなかった。こうして一緒に入浴するのは、これで三、四回目くらいだろう。小中と一緒に修学旅行に行った時、一緒に入った記憶はある。

二回とも彼女は私の隣で体を洗っていたが、ここまで見られてはいなかった、と思う。私が意識していなかっただけかもしれないが。

「私の体なんて見て、楽しい？」

私は髪を洗いながら問う。

「楽しくはないんじゃない。わかば、子供体型だし」

「馬鹿にしとんのか」

私は決して子供体型などではない。毎年徐々に身長も伸びてきているし、十年後には小牧を凌ぐモデル体型になっている……かもしれない。

うん、それは無理だろうな。

「寿司屋でジュース出されてそう」

「何その具体的な例。楽しくないなら見ないでよ」

「楽しいって言ったら、見てもいいの？」

「そういうわけでもないけどさ」

ああ言えばこう言う、とはこのことなのかもしれない。運動や勉強だけでなく、口でも小牧に勝てる気はしない。口喧嘩(くちげんか)では絶対負けるだろうし、キスの時も主導権を握られっぱなしである。別に、私が主導権を握って、彼女の顔が蕩(とろ)けるくらいにキスをしたいとか、そういうわけではないが。

無駄なことを考えている。全ては小牧のせいだ。

私は考えを振り切るように、ボディタオルで体を洗い始める。小牧が使った後だから、少し泡が残っていた。両親のタオルも置いてあるのに、的確かつ勝手に私のを選んで使う彼女の所業には、ため息をつく他ない。

小牧の体を洗っていた泡が、私の体を白く包む。それを想像したら、少し嫌になって、私は念入りにタオルをお湯で流した。

でも、結局小牧が先に浴槽に入ってしまっているから、お湯は彼女がすでに使っているものなのだ。

心だけでなく体までも、彼女に侵食されていくようだった。

だが、シャワーを使うのも負けな気がして、彼女の体をどかすようにして手桶を突っ込んだ。

「私だって、これでも成長してるから。高度成長期だし」

「成長のピークがその程度なら、数年後にはむしろ縮んでるかもね」

不可解な態度を取られるよりは、こうやって馬鹿にされる方がよっぽど安心できる。そう、私たちは本来こういう関係であるべきなのだ。互いに嫌い合って、馬鹿にし合って、ぶつかり合って。こういう関係が別れるまでずっと続いてくれれば、言うことはない。

もう、今ある感情が形を変えたり、関係性が変わったりするのにはうんざりだ。ずっと同じようなままでいられれば。

彼女が私の大切なものを欲しがる理由が、今も気になっている。あの時、あんたのことが嫌いだからとはっきり言ってくれたら、それでよかった。

嫌い合っているという前提が崩れてしまったら、先輩と付き合って、先輩を捨てたというあの事件はなんだったのかという疑問が生まれてしまう。

私のことが嫌いで、私を傷つけたいから。それ以外に、理由なんて思いつかない。そんな状態で余計な疑問を抱くのは辛いから、心にそっと蓋をする。

考える必要なんてない。どうせ考えたって、今更どうにもならないのだから。

「梅園は、大きくなった」

あの事件があってから、私はずっと小牧のことばかり考えてきた。

心が小牧に侵されて、自分のことも嫌いになって。

思えばあの時から、私の心は止まったままなのかもしれない。小牧に勝って、いい加減彼女のことを忘れなければ、前に進むことはできないのだろう。

「いつも泣いてばっかで、私よりも小さかったのにね」

私は体を流し始めた。小牧の視線に含まれるものが変わる。興味や好奇心から、当惑や怪訝さへと。

「私、泣いたことなんてない」

「泣いてたよ。いつだって泣いてた。そりゃ、梅園の涙は目に見えないから、誰にもわからないかもだけど。……ほら、詰めて」

私は小牧の正面から、浴槽に入った。狭い浴槽で向かい合っていると、せっかく温かいお湯に入っているのに、余計に疲れるような感じがする。

はぁ、と息を吐く。それは心地好さのためではなく、気疲れのためだろう。

小牧の長い脚が伸びてきて、私を両側から挟むように浴槽にぴたりとくっつく。本当に、無駄に長い脚だと思う。白くて、すらりとしていて、思わず嚙みついてやりたくなるようだな。

「わかば」

話の続きを促すような声で、私の名前を呼ぶ。言葉に込められる意味が変わるだけで、私の名前だというのに、全く別の言葉に聞こえる。

名前なんて、なんの意味も込めずに淡々と呼んでほしい。そう思ってしまうのは、なぜだろう。

「あの頃の梅園のことも、嫌いだった。でも、多分、今はもっと嫌い」

私の嫌いという言葉には、どんな意味が込められているのだろう。感情を伝える言葉でない名前すら、意味が込められれば形を無限に変えていく。なら、嫌いという言葉だって、込める意味が変われば、その言葉の本質すら変わるのかもしれない。

たとえば、好きという意味を込めて嫌いという言葉を発したら。

その言葉は、好きという響きで、人の鼓膜を震わせるのだろう。

私は確かに今、嫌いだと心から言ったはずだ。

「嫌い、嫌い、嫌いだよ。私は梅園のこと……」

言葉は途中で止まる。私ではなく、小牧が止めたのだ。

唇で唇を塞いで黙らせるなんて、本来ならときめくシチュエーションなのかもしれない。でも、小牧にされても胸がちりちりするばかりで、ときめくなんてありえなかった。

お風呂でふやけたらしい唇が私の唇に吸い付く。いつもより水分を含んだ唇に溺れそうになって、空気を求めて口を開く。それを待っていたかのように、彼女の舌が私の口腔内

に侵入した。

いつものことだ。キスなんて体の表面をくっつけるだけの行為に過ぎないのだから、もう気にすることもない。

いつか誰かを好きになって、好きという感情を込めてキスをしたら。その時はきっと、キスという行為に特別な意味を持てるようになるだろう。だが、そうなってもきっと、こうして高校一年の夏に小牧としたキスのことを、私は忘れない。

忘れさせないために、キスしているのかもしれないが。

自分の存在を刻みつけるように、小牧は舌を絡ませてくる。

「私だって、わかばのこと、嫌いだよ」

「知ってる。……前に私のこと見えないって言ってたけど、私にとっては、梅園の方がよっぽど見えないな」

「見せたって、見ないくせに」

小さくそう言って、彼女は再び私に口づけを落としてくる。

ちゅっちゅと、馬鹿みたいに軽くて虚(むな)しい音が浴室に響く。

キスに憧れていた頃が懐かしい。萎(しぼ)んだ気持ちは、きっと大事なものを小牧に奪われてしまった証拠だ。

「だから、嫌いだ」

小牧は泣きそうな顔で、そう囁いた。その「嫌い」には、確かに感情がこもっていて、私はそれに少し安心してしまった。

自分でも馬鹿だと思う。でも、一貫性というものを感じると安心するのは、きっと誰でも同じだ。

嫌いなら嫌いで、態度を統一してほしい。私を傷つけることを楽しんでいるくせに、飲み物はメロンソーダを選んでくれるのはなぜなのか。考えても答えが出ないし、彼女の気持ちはやっぱりわからないから、私も混乱する。

だが、一貫性がないのは、私も同じなのかもしれない。

小牧のことは嫌いだ。嫌いだけど、傷つけたくはない。泣いてほしくもないし、苦しませたくもない。

だから私は、軽口は叩いても、無理に辛いものを食べさせたりなんてしない。

不公平だ、と思う。

私は今でも小牧の幸せを願っているのに、小牧はそうではない。恨みが消え去った後の嫌いという感情はひどく脆くて、それを頼りに関係を構築するには、弱すぎる。

思わずため息をつくと、また彼女に唇を重ねられた。

舌先から伝わってくる感情は、私にはよくわからなかった。

「これ、まだ使ってたんだ」

　小牧は部屋の机に置いてあるペンケースから、一本のシャーペンを取り出した。それは小学生の頃にお揃いで買った、キャラクターもののシャーペンだった。学校で使うには子供っぽすぎるが、ずっと大事に使い続けてきたので、捨てるのも勿体なくて家で使っているのだ。

　あまりにも自然に使い続けていたから、小牧とお揃いで買ったことなんて、今の今まで忘れていた。

　私はどうにも居心地が悪くなって、そっぽを向いた。小牧がシャーペンを弄っている音が聞こえる。

「丈夫だから」

「ふーん」

　相変わらず興味がなさそうである。別に小牧との思い出を大事に持っていようとかそういう意図はないのだから、何を恥じることもない。

　私はベッドに座ろうとしたが、いつの間にか小牧の方が先に私のベッドに座っている。おい、そこは私のベッドだぞ。我が物顔で座るんじゃない。

　私は仕方なく椅子に座った。

「わかばの匂いがする」

「何じゃそりゃ」

「乳臭い」

「どういう意味じゃこら」

小牧はシャーペンを私の方に投げて、枕を抱え始める。慌ててキャッチしようとするが、失敗して床に落ちた。

ため息をついてシャーペンを拾い、ケースに戻す。小牧とまだ仲良かった頃の記憶と紐づいてしまったシャーペンは、多分もう今までのようには使えないと思う。

手に馴染む感じがして、好きだったのになぁ。

私は残念に思いながら、椅子に深く腰を預けた。

「枕、潰れるからやめて」

「この程度で潰れないよ」

「潰れるでしょ。腕力ゴリラだし、梅園」

小牧は私の枕に顔を埋めて、匂いを嗅いでいる。さすがに恥ずかしいからやめてほしい。変な匂いはしないと思うのだが、自分の匂いなんてわからないから嫌だと思う。

これも嫌がらせの一環なのだろうか。私はペンケースに入れたシャーペンを突いた。

「そもそも、わかばには私にものを言う権利なんてないんだよ」

「またそれ。することも言うこともワンパターンだ」

「ワンパターンにメロンソーダばっかり飲む人に言われたくない」

枕が飛んでくる。私はそれをキャッチして、机の上に置いた。ゆらりと、小牧が立ち上がる。私は良からぬ気配を感じて、体をのけぞらせた。

「今度は何するつもり？　またお腹でも舐めてみる？　それともキスでもする？　別にいいよ、したいならすれば」

強気に言ってみるが、こう言ったら彼女は全く別のことをし始めるんだろうな、と思う。

小牧は私の前に立つと、右手を差し出してきた。何の真似だろう。

「勝負」

短くそう言って、彼女は私の右手を握ってくる。四本の指をきゅっと握って、親指を立てるようにするその握り方には、覚えがあった。記憶の奥底に眠っていた、遠い昔によくやっていた遊び。

「指相撲？」

「そう。十秒押さえたら勝ちね。よーい」

「ちょちょっ……」

彼女は勝手に勝負を始めた。

でも、指相撲ならもしかしたら勝ち目があるかも。

私は細くて長い指を軽く握りながら、親指の動きを追った。彼女の親指は別の生き物であるかのように動き回り、私では捕らえることができない。こんな単純な勝負で負けたらいよいよ何なら勝てるんだって話になる。

私は必死になって彼女の親指を押さえ込もうとしたが、逆に彼女の指に押さえられてしまう。私の指よりも彼女の指の方がよっぽど長くて綺麗だから、不利だと思う。でも、それを言い訳にしたって、どうにもならない。

「一、二……」

無慈悲なカウントが花びらのような唇から漏れ出す。力だって小牧の方が強いのだから、抜け出せるはずもない。結局彼女に押さえ込まれた親指を自由にしようと全力を出したものの、少しも動かせずに終わった。

「弱すぎ」

くすりと笑いながら言う。その表情は明らかに私を見下していた。

ムカつく。ムカつくけど、何も言い返せない。

一番自信があった中間テストで負けてから、私の心はボロボロだ。あと十点が途方もなく遠くて、彼女の背中すら見えないような気がしたあの時。あの時から、私は迷子になっている気がする。

「ほんとさ。変わんないよね、わかばは」

「何が」

「弱いところも、手が小さいところも。色々、全部」

心外である。これでも私は心も体も成長しているのだ。同じだなんて、彼女が私のことを軽んじているから出る台詞である。

「いつまで？」

「え？」

「いつまで、わかばは私のわかばのまま？」

いつから私は小牧のものになったのか。尊厳を奪われている今の私は、小牧のものと言っても差し支えないのかもしれないけれど。

いや、差し支えありまくりだ。私は私のものなんだから。

「……これまで変わらなかったんだから、一生変わらないままでいればいい」

茶色の瞳が私を映している。私は体が動かなくなるのを感じた。脳が警鐘を鳴らしているような気がする。

でも、何に？

「か、勝手なことを言わないで！　私、変わってるから。私は小牧が知ってる私なんかじゃないし」

指を握っていた手が、手首に移る。いつの間にか、もう片方の手も私の手首を掴んでいる。ぎりぎりと、万力のような力で手首が締め付けられた。

なんだ。なんなんだ。

私は当惑しながら彼女を見上げる。氷のような無表情が、私を見下ろしていた。

「脱いで」

「……は」

勝負に勝ったと思ったら、早速私の大事なものを奪おうとしてくる。私は一瞬固まったが、彼女が服を脱がしてくるのを見て正気に戻った。思わず彼女を突き飛ばす。私のパジャマを着た彼女の姿は少し滑稽で、でも、何か怖い気がした。

「わかった。わかってる。脱げばいいんでしょ、脱げば。自分でやるから触らないで」

てっきり物を言う権利はないだのと言われると思ったが、小牧は意外にも何も言わなかった。だから私は脱衣所でそうしたように、服を脱いでいく。

いつもしていることだ。制服に着替える時だって普通に部屋で服を脱ぐし、この前だって小牧に見られながら着替えをした。だから別段恥ずかしがることでもない。そう思いながらも、今日はこの前のようにはいかないと感じていた。

部屋で裸になって、奪われる大事なもの。もし彼女が私のそれを奪おうとしているのなら、私は全力で抵抗しなければならない。

いや、ファーストキスだってそう簡単に奪わせたわけではないのだが、今度の初めては本当に洒落(しゃれ)になっていない。キスくらいならいくらだって言い訳が利くというか、小牧は嫌いな人にそんなことできるんだなぁ、くらいの気持ちでいられるのだ。

しかし。私の中に引かれた線が、そっちは駄目だと言っている。

それなのに服を脱いでしまうのは、有ること無いこと小牧に言いふらされることを恐れているためなのか。それとも、今まで大人しく大事なものを捧げてきたのだから、今更だと思っているのか。

どっちにしても、私は多分、相当頭が茹っている。

「ほら、脱いだけど」

「じゃあ、こっち来て」

彼女はベッドの上で私に手招きをした。一歩でも踏み出せば、触れられる距離だ。その距離を埋めてしまうのはひどく恐ろしくて、身動きが取れなくなりそうだった。しかし、私の中の何がそうさせたのか、気付けば彼女の方に一歩、また一歩と足を進ませていた。

そして、彼女の目の前に立った時、ぎゅっと強く抱き寄せられる。そのまま体を引かれて、彼女の上に乗るような形でベッドに倒れ込んだ。彼女の顔は見えない。

二つ分の体がベッドを軋ませて、いつもより深くマットレスが沈み込む。一人分の重さしか知らないベッドは、聞いていないとでも言うようにきしきしと音を立て続けていた。

腕を背中に回されて、なくしてしまった何かを探すかのように触れられる。少し冷たい指が私の上を這い回ると、私は体が震えるのを感じた。

「確かに、変わってる……かもしれない」

彼女はそう呟いて、力を抜いた。

「前と感触は違う。見た目は同じなのに」

「見た目も違うから」

私の声は、少しだけ震えていた。

「……覚えておくといい。これから先誰をこの部屋に呼んでも、この部屋でわかばを初めて裸に剝いたのは、私だってこと」

「忘れたくても、忘れられないでしょ。こんなことされたら」

「……なら、いい」

彼女は私を自分の上からどかした。私はしばらく無言で彼女を見続けたが、彼女はやがて「服、着れば」と言った。

一体、何がしたかったんだろう。

疑問に思いつつも、私は大人しく服を着ることにした。その間も彼女の視線は感じ続けていたが、特に何もされることはなかった。

勝負のせいで空気感が変わってしまって、私たちは話す言葉すら忘れてしまった。私は仕方なく携帯ゲームを取り出そうとしたが、考えてみれば、二人でできるゲームはない。私たちは肩を並べてベッドに座って、黙りこくっていた。

段々と肩が寄っていって、微かに触れるだけだったのが、ぴったりとくっつくようになっていく。それでも私たちはどちらも、体を離そうとはしなかった。小牧の静かな息遣いを、耳だけでなく肩からも感じる。

私は目を瞑った。

小牧が変わってしまったきっかけを、思い出そうとしなくても思い出してしまう。あれは小学二年生の頃のことだった。

あの頃私は小牧としばしば一緒に遊んでいたが、同時に毎日のように勝負を挑んでいた。

あの頃はまだ尊厳云々という難しい話はなく、負けてもただ悔しいだけだった。

ある日小牧は、私を家に呼び出して、相談に乗ってほしいと言ってきた。私がいいよと言うと、彼女は続いてこう言ったのだ。

「私、にんげんなんだよね？　皆私のこと完璧って言うし、何をしてもできちゃうから、怒られる。嫌われる。私、本当ににんげんなの？」

今にも泣き出しそうな顔をしていたことを、今でも鮮明に覚えている。

ともすれば嫌味に聞こえるような台詞。でも、彼女が本気で悩んでいることはその顔を見ればわかった。

確かに、彼女はあまりにも完成されていた。何をどうしても完璧にこなせてしまうし、実は人造人間か何かなのではないかなんて疑問に思ったこともある。彼女もそういう疑問で、自分自身に恐怖を抱いていたのだろう。

「何言ってるの？　完璧だろうとなんだろうと小牧は人でしょ！　そんなことで悩まなくても大丈夫だよ！」

人の相談に乗ることが多かった私は、いつものように悩みを笑い飛ばした。深刻に答えすぎても相手は沈み込んでしまうし、なんでもないことのように笑って心配事を吹き飛ばすのが一番だと、私は思っていた。

でも、それからだ。

小牧が人を見下すようになったのは。

あれ以来小牧は、目に見えて人を見下すようになり、それまであった不安のようなものが一切なくなり、別人みたいになった。

同時に彼女は人から嫌われなくなった。猫を被るのが上手くなったのだ。しかし、必ずしもそれがいいこととは思えなかった。

今でも思う。

あの時、笑って大丈夫だと言うのではなく、泣かなくていいと背中をさすってあげていたら、今とは違う未来が待っていたのではないかと。

心で流していた涙を拭いてあげていたら、彼女は今のように人を見下さなかったのではないか。考えても仕方がないそんな後悔が、あれからずっと私の心を刺し続けている。

「わかば。寝ちゃ駄目」

小牧に肩を揺すられて、閉じていた目を開ける。彼女の顔が、息がかかるほど近くに迫っていた。

なんでそんなことをしたのかは、自分でもわからない。

ただ私は、いつの間にか小牧の唇を奪っていた。

顔を離すと、小牧は驚いたように目を丸くしていた。私も自分に驚いている。だからそっと立ち上がって、誤魔化（ごまか）すように笑った。

「寝る支度、しようか」

「……枕」

「取ってきたら？」

小牧は目を細めた。わかっている。私にはどうせ、拒否権などない。

「嘘（うそ）。なってあげる。泣かれたら敵（かな）わないからね」

「しつこい。わかばの前で泣くとか、ありえないから」

私の前じゃなかったら泣くの？

そう聞くのは意地が悪い気がして、私は何も言わなかった。

その夜、私は言葉通り彼女の抱き枕になった。眠る彼女の顔は昔から変わっていなくて、安らかだった。

私も、変わっていないのかもしれないと思う。
ずっと私の心は、過去の小牧に向いたままだ。
小学生の頃の小牧に、中学生の頃の小牧。年々私の心を占める小牧の数は増えていって
いて、このままでは小牧に押し潰されてしまいそうだった。
ああすればよかったとか、小牧はなんであんなことをしたのか、とか。そんなことばか
り考えていたら、私がいなくなってしまう。だから私は小牧を追い出すように目を瞑って、
眠りにつこうとした。
目の前に小牧がいる状態では、それも叶わなかったが。

3 聞きたい言葉と言いたい言葉

一ヶ月という期間が意外に長いことを、私は最近知った。

中間テストが終わってからまだ一ヶ月も経っていないというのに、体感的には数ヶ月が経ったような気がしてしまう。

それは間違いなく小牧(こまき)にあれこれ変なことをされてきたせいだろう。ファーストキスを奪われたり、裸にひん剝(む)かれたり。

普通の高校生だったら絶対に体験しないイベントだと言えば、希少性というか、価値があるようにも思うけど。実際のところそんなことはないから困っているのだ。

「つまり、この塊自体を一つの名詞として扱い――」

「……はぁ」

中間テスト以来、私はいまいち授業に集中できずにいた。

満点まであと十点だったのだから、かなりの高得点を取れた、とは思う。私史上最高だ。少なくともクラスでは一番だったし、学年でも上位だった。

でも、結局は小牧に負けているのだから仕方ない。

期末テストではもう勝負する気も起きなくて、私は机の上でシャーペンを転がした。

学校で使うには子供っぽすぎる、キャラクターのシャーペンだ。小牧とお揃(そろ)いで買ったことを思い出してしまったから、もう家では使えなくなって、なんとなく学校に持ってきた。

だけど学校に持ってきたら、それはそれで重い気分になるのはなぜだろうと思う。

小牧と仲が良かった頃のことを、思い出しそうになるから？

それとも――。

「……あ」

なんの気なしに窓の外を見ると、豆粒くらいの瞳と視線が交差した気がした。

輝く空に見下ろされてもなお、空より綺麗に輝く茶色の瞳。それは間違いなく、小牧の瞳だった。

どうしてこういう時に限って、小牧が目に入るのだろう。

彼女のクラスが体育をしていると知っていたら、窓の外なんか見なかったのに。思わずため息をつくと、小牧はにこやかに手を振ってきた。

ほんと、何考えてんだろ。

彼女が純粋に私を見つけて喜んでいるなんて思えないし、手を振り返したくない。でも、何もしなかったらそれはそれで負けたような気がする。

私は少し迷ってから、手を振り返した。

せっかく私が渋々手を振ってやったのに、小牧は眉を顰めた。

おい、なんだその態度は。

そう思って自分の右手を見ると、例のシャーペンがいつの間にか握られていた。

なるほど。嫌いな人間とお揃いで買ったシャーペンなんて見たくないと思って当然か。

一つため息をついて右手を下ろすと、すぐ隣から人の気配を感じた。

「吉沢さん。授業中によそ見をするのは良くありませんね」

にこりと笑いながら、先生は言う。私は頬が引き攣るのを感じた。

結局その後、私は先生にいくつか問題を解かされて、その解説まで任されることになった。全ては小牧のせいだ。そもそも、なんで小牧は私の教室なんて見ていたんだ。非常にムカついたけれど、でも、問題を解くのに忙しすぎて、それどころじゃなかった。


「いやー、随分絞られたねぇ」

授業終わり。

私の席に集まってきていた夏織が言う。私は机に突っ伏した。さっきと違って、窓の方は見ない。授業はすでに終わっているけれど、まだ小牧が校庭に残っているかもしれないし。

彼女と目を合わせるのは良くないと思う。色々な感情が胸に渦巻いて、気持ち悪くなったり苦しくなったりするから。

なんで私は、高校生になってまで小牧に惑わされなければならないのか。

「大変だったねー、よしよし」

いつの間にか私の前に立っていた茉凛に頭を撫でられる。

優しい手つきだ、と思う。

小牧も時々こうやって、茉凛みたいに優しく私に触れてくることがあるけれど。やっぱり安心感が段違いだと思う。

小牧に優しくされたって嬉しくないが、茉凛に優しく触られるのは少し、嬉しい気がする。

ああもう、小牧小牧小牧小牧って、なんで私は、こんなに。

「ありがとう、茉凛。ちょっと元気になった……」

「惚れ直した?」

「直さなくても惚れてるよ」

「それはそれはー。私もわかばのこと大好きだよー」

大好き。

その言葉は、なんだか心温まるような響きだった。茉凛が私に言ってくれる好きという言葉は、昔から全く変わらない。それに安心してしまうのは、やっぱり。

私の感情の変動が激しすぎるせいなのかもしれない。

「わかばわかば。私は？」

「夏織は別に……」

「なんだとお！　私にも惚れてるって言えー！」

「ちょ、髪ぐしゃぐしゃになるからやめて！」

夏織は犬を撫でるみたいに両手で私の頭をわしゃわしゃしてくる。茉凛とも小牧とも違うその乱暴さは、まさしく夏織って感じだ。力加減も全くなっていないし、ただでさえこの時季は髪が爆発しがちなのだからやめていただきたい。

しばらく夏織に撫でられていると、すっかり私の頭は朝セットする前の形に戻ってしまっていた。

私は窓に反射する自分の姿を一瞥（いちべつ）してから、静かに立ち上がった。

「夏織」

「何さ」

「お前も道連れじゃあ！」

「うわっ！　ちょっとちょっと！」

私は夏織の髪をまとめているヘアゴムを外して、彼女の髪を乱暴に撫(な)でた。彼女もお返しとばかりに撫で返してくるけれど、今更気にすることもない。

私は夏織の髪が爆発するまで撫でてから、彼女の頭にそっとヘアゴムを乗せた。

「ぷっ、鏡餅みたい」

「それを言ったらわかばもだと思うけどね！　このみかん頭！」

「知ってる？　鏡餅の上に乗っかってるのって、みかんじゃないんだよ」

「え、マジ？　じゃあ何？　ポンカン？」

「いや、ポンカンではないでしょ……」

確か橙(だいだい)とかいう柑橘系(かんきつけい)の一種だった気がするけれど、定かではない。こういう雑学的なやつは、多分……。

いや、やめよう。これ以上深く考えると、私の心から私がいなくなってしまいそうだ。

「ねえねえ、わかば」

「うん？　何、まつ――」

私が言葉を言い切る前に、茉凛は私の手をとって、自分の頭に乗せた。ふわふわとした感触が心地いいけれど、でも。

彼女はキラキラした瞳で私を見つめていた。まさか、夏織と同じことをやれと言われているのだろうか。

少し、抵抗がある。茉凛から変なことをされるのは慣れているけれど、私からこういうのをするのは、なんというか、すごい罪悪感がある。茉凛は一番仲がいい友達だけど、うーん。

「ほら、早く早く」

茉凛は目を輝かせながら、私を急かしてくる。撫でられ待ちの犬みたい、なんて言ったら怒るかな。いや、茉凛だったら普通に喜びそうだ。

いいのだろうか。少し迷ってから、私は彼女の髪を少し乱暴に撫でた。誰かさんより少し暗めの茶髪は、眩しすぎない程度に綺麗でいいと思う。触り心地もいいし。

私は彼女の髪をわしゃわしゃ撫でながら、その瞳を見つめた。茉凛の瞳にはいつも嘘がない、と思う。今も楽しいという感情が湛えられていて、凪いだ海みたいに透き通っていた。

私はどうだろう。全てを見通しているようにも感じられる茉凛の瞳に、私はどう映っているのか。

そんなことを考えていると、後ろから誰かに髪を撫でられた。

「夏織？」

「はーい、お客さんどこかかゆいところはありませんかー」

「かゆいところはないけど、痛いよ」

「どこら辺が？」

「夏織が」

「なるほどなるほど……許さん」

夏織は思い切り私の髪をチリチリしてくる。もし禿げたらどう責任を取ってくれるのか。ていうかもうこれは、だいぶ取り返しのつかないことになっている気がする。

確実に次の授業までに髪を直すことはできそうにない。

しばらく私たちは謎に一列になりながら髪をぐちゃぐちゃにし合っていたが、そうしている間に十分休みは終わりに近づいていた。

残り一分。しかも次の授業は移動教室だから、急がなければならない。正気に戻った私たちは苦笑しながら、小走りになって廊下を歩いた。

すでに電気が消されて、鍵もかけられている教室がいくつか目に入る。

意外に皆真面目なんだな、と思っていると、不意に腕がぐい、と引っ張られた。

声を上げる暇もなく空き教室に引きずり込まれる。持っていたペンケースやらノートやらが落ちて、磨かれた床が悲鳴を上げた。

次の瞬間、扉ががしゃんと音を立てた。どうやら、鍵が閉められたらしい。

誰が私をこの教室まで引っ張ってきたのか。そんなの、考える必要はない。私の日常を壊してくる人間なんて、一人しかいないのだから。

「梅園」

「久しぶりだね、わかば」

全く久しくない。さっきだって目が合ったし、そもそも今日は朝に一度顔を合わせているのだから。

だというのに、小牧はまるで数年振りに私と会ったみたいな顔をしている。一日千秋の思い、というやつだろうか。一瞬だけそう考えて、首を振る。馬鹿馬鹿しい。そんなわけなかろうに。

「なんの用？　私、次移動教室なんだけど」

「いちいち私に聞かないで、少しは自分で考えたら？」

考えてもわからないから聞いているのだ。

今までは私の教室に来ることはあっても、ここまで強引に私の生活を妨害してこなかったはずだ。小牧の中で何か変化があったのか、それとも、今までのはまだ序の口だったのか。

無表情で私を見下ろす小牧を眺めていると、チャイムが鳴り始めた。二人はちゃんと教室に辿り着けただろうか。

ホラー映画の登場人物にでもなった気分だ。逃げ遅れてゾンビに食べられた被害者は、きっと今の私と同じ絶望的な気分を味わっていたのだろう。

「授業、始まっちゃったじゃん。私、行くから」

「駄目」

彼女の横を通り抜けようとすると、手首を掴まれる。だよね、と思う。このまま逃してくれるくらいなら、最初から私をこの教室まで引きずりこんだりなんてしない。

だが、一体何をさせるつもりなのか。

疑問に思っていると、不意に胸ポケットの中でスマホが震え出す。どうやら、電話がかかってきているらしい。

「出れば」

小牧はそう言って、私を近くの椅子まで引っ張っていく。そのまま私は椅子に座らされて、小牧はそのすぐ前の椅子に座った。

私は眉を顰めながら、ポケットからスマホを取り出した。画面に表示されているのは、茉凛の名前。

私は少し迷ってから、電話に出た。

『わかば？　いきなりいなくなったけど、どこにいるの？』

こつこつと、スマホ越しに足音が聞こえる。どうやら茉凛は今、廊下にいるらしい。

「えっと……ちょっと、トイレに」

『ふーん……？　何階の？』

「それは……っ」

　ブラウスのボタンが、外された。一個、二個、三個。

　前が開かれていくと、途端に不安な心地になるのはどうしてなんだろう。この前家で服を脱いだ時とは状況が違う。学校でこんなことをしているのが誰かに見られれば、完全に終わりだ。まだ高校生活が始まってから少ししか経っていないのに、いきなり退学か停学になりかねない。

　それは小牧だってわかっているはずなのに、お構いなしに私の制服のボタンを外していく。

　ブラウスのボタンは、家の鍵みたいなものだ。そう簡単には開けられちゃ駄目だし、ちゃんと鍵を持っている人間だけが開けられるべきもの。

　それでも小牧は無表情で私の制服を脱がしにかかる。その瞳にはあまりにも感情がなくて、私を虫か何かだと勘違いししているんじゃないかって思う。

『わかば？』

「ごめん、とにかくすぐ行くから！　待ってて！　それじゃあ――」

「駄目だよ。そのまま続けて」

　スマホを持った方とは反対から、小牧が囁いてくる。くすぐったさに身をよじりそうになるが、彼女はそれを許さず、私の両肩に手を置いてくる。

かと思えば、鎖骨の辺りに痛みが走った。

目を疑う。小牧は私の体に唇をくっつけていた。前も似たようなことをされたが、あの時は周りに誰もいなかったし、何より通話なんてしていなかった。

こんな状況じゃ、何も言えない。何もできない。通話をしているから勝負を挑むことだってできないし、大人しく彼女からされることを受け入れる他ないのだ。ここで茉凛との通話を今切ったら、何されるかわかったものではない。

いや、切っても切らなくても、結局何をされるかわからないのは同じだろうが。

「馬鹿、梅園。何考えて……」

スマホを少し離して、小声で言う。

「うるさい。あんまりうるさくすると、噛むから。……ほら、ちゃんと話しなよ。茉凛、怒っちゃうかもよ」

この程度で怒るほど、茉凛の沸点は低くない。小牧と違って、茉凛は優しいのだ。

『わかば、大丈夫？』

「う、ん。ちょっと、色々あって……」

『私が行っちゃ駄目な感じ？』

「……ごめん」

鎖骨、肩、お腹(なか)。彼女は私の体にいくつもの赤い跡を残している。そんなに人の体を傷つけるのが楽しいのかと思うけれど、小牧は全く楽しそうにしていない。笑いながらやられても困るけれど、どうなんだろう。

　私は小さく息を吐いた。大丈夫だ。少し深呼吸すれば、この状況にも慣れる。私は結構、慣れやすい生き物なのだ。

　茉凛と夏織と一緒にいる時だけは、小牧との非日常を忘れられる。だからってわけではないけれど、二人と過ごす毎日は楽しいと思う。

　だけど、同時に。

　日常が崩れている感覚にも、小牧に負けて変なことをされるのにも、慣れてきている自分がいた。こんなのに慣れてしまったら、この先私の人生は果たしてどうなってしまうのか。

　そうは思うけれど、慣れる心を止めることはできない。

　怒りは確かにある。私の大事なものを一つ一つ奪おうとしてくる小牧に対する怒りは、まだ。でも、それが薄れていくのも時間の問題なのかもしれない。

　私は私の感情というものを、信じてはいない。

『いいけどねー。何か私にできることがあったら、言ってね？』

「……うん。ありがとう」

　ここで茉凛に助けを求めたら、どうなるんだろう。

今まで小牧にされてきたことを全部打ち明けて、どうにかしてくれと頼んだら。そう考えていると、いつの間にか唇がよからぬ言葉を紡ぎ出しそうになってしまう。

駄目だ。茉凛は一番大切な友達なのだから、こんなことには巻き込めない。

そもそもこれは、私の蒔いた種なのだ。私がちゃんと、自分でどうにかしないといけない。なんとしてでも小牧との勝負に勝って、彼女との関係を絶たなければならないのだ。

そうしなければ私は、前に進めないのだから。

「茉凛は大丈夫なの？　授業、もう始まってるでしょ」

『あはは、大丈夫だよー。忘れ物したって言って、抜け出してきたから』

「うわ、不良だ」

『このくらい普通だよー』

感覚がおかしくなっていくのを感じる。右耳から日常が、左耳から非日常が私の体に入ってきて、その差でどうにかなってしまいそうな。

初めての感覚だ。果たして小牧は、なんのために茉凛との通話を続けさせているのだろう。

そう思っている間にも、私に刻まれるキスマークの数は増えていっている。自分の体を見下ろすと、嫌になるくらい赤い跡がついていた。せっかく衣替えで夏服になって、開放的な気分になってきていたのに。これからはこの赤い跡を隠しながら、自由とは無縁の生

活を送らなければならないのか。

　ため息をついて、小牧を見つめる。

　表情が見えないと少し、不安になる。彼女がどんな顔をしていれば、私は満足できるのだろうか。

　小牧が私に何を求めているのかは、わからない。でも、私が小牧に何を求めているのかもまた、私自身よくわからなかった。

「ねえ」

　気づけば私は、宙に言葉を放り投げていた。

「私のこと、どう思ってるの？」

　それは、小牧に向けた言葉なのか。それとも、誰にも向けられていない、独り言なのか。わからないでいると、小牧は顔を上げた。

　再び彼女の唇が、左耳に寄ってくる。

『うん？　さっきも言ったけど、私はわかばのこと──』

　投げた言葉は、一つ。

　でも──

『大好きだよ』

「嫌い」

返ってきた言葉は、二つ。

日常の言葉と、非日常の言葉。そのどちらも、私を少しだけ安心させてくれた。目に見えない人の気持ちも、言葉という形になるとわずかばかり、その存在を信じられるようになる。

浮かんでは消え、生まれたかと思えば弾けていく。それがきっと人の気持ちで、永続なんてしないとわかってはいるけれど。

誰かの気持ちが長く続いてくれていることに、私は安心している。

遠い昔、小牧は私に好意を向けてくれていると思っていた。でも、本当はそうじゃなくて、嫌いだって言われて。その変化が悲しくて、胸が痛くて、不安になった。

だけど、私だって同じだ。先輩のことを好きだったはずなのに、夢から覚めるみたいに簡単に好きじゃなくなって。小牧のことだって好きだったのに、あの事件があってから嫌いになって。

だけど今、心から小牧のことを憎んでいて、大嫌いかと聞かれたら、答えなんて出なくて。

だから私は、自分の感情が信じられない。明日には変わっているかもしれなくて、今あるものが消えるかもしれない。それが嫌だから、人の気持ちを確かめたくなってしまう。

ずっと抱き続けられる感情があれば。私ももっと、自由に生きられるのかもしれないけれど。

「私も……」

私も好き。

私も嫌い。

言いかけた言葉は、どっちだったのか。

わからないまま、小牧に唇を奪われた。思わず目を閉じてみるけれど、それで小牧の存在が消えるわけではない。

やっぱり彼女の匂いがすぐ近くからして、彼女の舌の感触が私の舌に纏わりついてきて、落ち着かない。

でも目を開ける気にはなれなくて、私は黙って彼女のキスを受け入れた。

受け入れたと言うとちょっと語弊があるかもしれないけれど。

「おしまい」

小牧はそう言って、私のスマホを奪ってくる。

通話を切ったらしい彼女は、スマホを私の方に投げて、立ち上がった。

私は大きくため息をついた。

「なんなの、いきなり」

「学校でキスするのは、初めてでしょ」

会話になっていない気がする。

小牧はそっぽを向いて、教室の鍵を開け始めた。

「麻雀（マージャン）の、勝ち分。もらってなかったから」

「ああ、そういう……」

そういえば、あの時負けた分の大事なものを捧げていなかったっけ。私はもうほとんど忘れていたけれど、さすがに小牧は忘れていなかったらしい。

律儀というか、なんというか。将来は借金取りにでもなればいいと思う。小牧にはお似合いだ。

「誰かに見られたらどうするつもりだったの」

「別に」

いや、別にじゃなくて。

小牧なら高校を退学することになってもどうにかやっていけそうだけど、私は無理だと思う。

といっても、運の神にまで愛されている彼女が、退学するなんていう事態になるとは到底思えないのだが。

「……いいけど。もう満足したなら、いい？　授業、行かないと」

「真面目に授業受けてても、私には勝てないと思うけどね」

「余計なお世話。勝てるとか勝てないじゃなくて、ちゃんと聞くのが授業ってやつでしょ」

「授業なんて聞かなくても、知識を蓄える方法なんていくらでもあるから」

「そんなこと言うなら、なんで高校来たの？　しかも、梅園が来るには偏差値低いうちの高校に」

小牧は答えない。

もしかしたら、彼女は私に嫌がらせをするためだけにこの高校を選んだのかもしれない。だとしたら性格歪みすぎだと思うけれど、それもう、今更だろう。

どうだっていい。小牧がどう思っていようと、私はただ彼女との勝負に勝つだけだ。

そう、思うのだけど。

「……別に、どうでもいいけどさ。じゃあ梅園は、ずっとここにいれば。私はもう行くから」

私は制服を着直してから、床に転がったノートを拾い集めた。

「行かせないから」

彼女はそう言って、私の手を引いて歩き出した。

ノートが手から落ちそうになるけれど、なんとか耐える。

「なんなの。そんなに、私の足を引っ張りたいの？」

「わかばは、私のものだから。所有権は私にあるんだから、わかばは自由に授業受ける権利なんてない」

　めちゃくちゃだ。

　これまで授業中に干渉してくることはなかったのに。日常が非日常に侵食されていくのを感じる。

　このまま侵食が進み切ってしまったら、果たして私の生活はどうなってしまうのだろう。

「それが嫌なら、勝負したら。どうせ勝てないだろうけど」

「勝つから、今度こそ。……ちょっとこっち来て」

　私は小牧の手を引いて、自分の教室に向かった。勝負するなら、自分のテリトリーの方がいい気がする。

　普通の高校生活を守るためには、勝負で勝たなければならないと思う。勝負の内容はよく考えるべきだとは思うけれど、あんまりもたもたしていると先に私の大事なものが全て奪われてしまいそうだ。

　だから今日も私は、分の悪い賭けをするしかなかった。

「そこ、私の席なんだけど」

「私の席でしょ」

　私のものはいつの間にか小牧のものになっているらしい。

小牧は当然です、みたいな顔をして私の席に座っている。私は仕方なく席の近くに立って、窓の外を眺めた。

体育をやっているクラスの生徒たちが、威勢の良い声をあげている。二人きりの教室はひどく静かなのに、数十メートル先は笑ってしまうくらい賑(にぎ)やかだ。

私はそっと、冷たい窓に触れた。

「十分以内に雨が降るか、賭けようよ。雨が降らなかったら私の勝ち。降ったら梅園の勝ちでどう？」

「……いいけど」

六月というこの時季に、こんな勝負を挑むのは無謀かもしれない。しかし、私には勝算があった。

今朝チェックした時、今日の降水確率はなんと0％だった。10％でも20％でもなく、0％である。梅雨の晴れ間というやつなのだろう。いかに運の神に愛されている小牧でも、0％を覆すことはできないに違いない。

しかも十分という短い時間を指定したのだから、私の勝ちはほぼ確定だと思う。

あとは安心して、時が経つのを待つのみである。

……しかし。

友達と一緒なら、さっきみたいに十分なんてすぐに過ぎるものだけど、小牧と一緒だとそうはいかない。別に無理にお喋りをするつもりもないが、今日の私はなんとなく、少し話したい気分だった。

　私はスマホで時間を計りながら、口を開いた。

「梅園ってさ。髪、綺麗だよね」

「は？」

「染めてないのに、綺麗な茶色だなーって思って」

　私は彼女の後ろに回り込んで、その髪に触れようとした。

　小牧はどうやら後ろに目でもついているようで、振り向きもせずに私の手を摑んでくる。

「触らないで」

「む」

　私の体は触ったり吸ったり色々しているくせに、自分が触られるのは嫌なんてずるいと思う。

　少しくらい触らせてくれたっていいのに。

　昔はどうだったっけ。なんとなく自分の手と彼女の髪を交互に見ていると、その柔らかな髪に触れた時の感触が蘇（よみがえ）るような感じがする。それは、錯覚かもだけど。

「じゃあ、私の髪触っていいよ」

「いい。わかばの髪なんて、触り飽きてるし」

そんなに触らせてきたっけ、と思う。

小牧は私との思い出を、どれだけちゃんと覚えているんだろう。私が忘れてしまった、仲が良かった頃の記憶も、彼女は覚えているんだろうか。

だとしたら、小牧は今の私に何を思うのか。仲良しのように振る舞っていた頃は、どれくらい私のことが嫌いだったんだろう。

「最近トリートメントも変えたし、結構いい線いってると思うんだけどな。茉凛も喜んでたし」

「……茉凛が？」

「うん。触り心地いいなーって感じの顔してた」

「何それ」

小牧は私の方を振り向いた。やっぱりその顔は、不機嫌そうだった。最近小牧のちゃんとした笑顔を見ていないなぁ、と思う。

でも。小さい頃は小牧も心からの笑みを浮かべていたような気がするけれど、あれも結局は嘘の笑顔だったのかもしれない。嫌いな相手に、本当の笑顔なんて向けるはずがない。

そう考えると、私は小牧の本当の感情をほとんど知らないってことになるのかもしれない。別に、いいんだけど。

「触らないの？」

「ない。なんか、菌とかつきそうだし」

「小学生かこら」

どうでもいい。今更友達とするようなことを、小牧としたいだなんて思ってはいない。

ただ、私は。

高いところで私を見下ろしている小牧を、私と同じところまで落としたいだけだ。

小牧は完璧な人間ではないのだと、証明したい。他の誰でもない、私の手で。私が彼女に勝負を挑む理由の一つが、それなのだから。

「……さっき、茉凛と電話させたのって、なんで？」

「そっちの方が、わかばが嫌がるからに決まってるじゃん」

「ほんと、最低」

そんなことだろうとわかってはいた。小牧のすることは大抵が私への嫌がらせだ。私に嫌がらせができるのなら恥も恥じゃないなんて平然と言える人間に、私は一体何を求めているのだろう。

本当に、ムカつく。

どうして私がこんな目に遭わなければならないのだろうと思う。きっとこの学校で一番理不尽な目に遭わされているのは、私に違いない。

自業自得と言えばそうなのかもだけど、少しくらいやり返したってバチは当たらないのではないか。

「梅園」

「な――」

何も言わせない。

返事なんてさせない。私はそっと身を乗り出して、彼女の唇にキスをした。

座っていれば彼女だってそんなに大きくない。だから初めてキスをした時と違って、そこまで手間取ることはなかった。

もう慣れている。何度もキスをされてきた私は、今更自分からキスをしたって、なんとも思わない。

心臓が早鐘を打っている気がするのも、顔が熱い気がするのも、全ては錯覚にすぎないのだ。

私にキスされた小牧は、やっぱり思考停止しているようだった。目を見開いて凍りついているところを見るに、よほど私とのキスが嫌なのだろう。ここまで嫌がるくせに、自分からは深いキスをしてくるのは、さすが小牧と言う他ないけれど。

嫌いな相手に、嫌いなキスをして嫌がらせをする。やっぱり私には理解できない感覚だ。自分からキスをしてみたものの、全然嬉しくない。気も晴れない。以前もそうだったけれど。

嫌いな相手に嫌がらせをして、それで一体何を得られるというのだろう。嫌いだからって、人に嫌な思いなんてさせたって、幸せになれるはずないのに。

「隙あり」

私は心の重さを誤魔化すように、彼女の髪に触れた。そのまま夏織にやったみたいに、髪をぐしゃぐしゃにしてやる。

やっぱり、無駄に触り心地がいい。

茉凛よりも、夏織よりも、手に馴染むような感じがする。それも錯覚だって思えれば良かったんだけど、これは確かな感覚のようだった。

「ちょっと、何して……」

「これは仕返しだから！」

自分の言葉が本当なのかすら、わからない。私は小牧と違って、人に嫌がらせをしても喜べる人間じゃないのだ。

それでもこんなことをしているのは、まだ小牧に期待しているせいなのだろうか。

また、前みたいに、なんて。

もう前のことなんて、思い出せないくせに。

「わかば！」

小牧と揉み合いになる。

力は小牧の方がずっと強いから、私はすぐに両手首を摑まれて、床に押し倒されることになった。

冷たい床の感触が、髪と背中越しに伝わってくる。

あーあ、と思う。いくら毎日掃除していても、床には埃とか色々あるだろうし、せっかく手入れした髪が汚れてしまう。汚れる前に小牧に触らせたかったけれど、どうやらそれは叶わないらしい。

今日は夏織にぐしゃぐしゃにされた後だから、どっちにしても小牧は喜ばなかっただろうけれど。

思えば小牧に対する私の望みが叶ったことって、一度もないかもしれない。

「怒ったの？　ちょっと触っただけなのに」

「私の許可なく触るのも、キスするのも、禁止だから」

「何その許可制。知らないし」

小牧は私に覆い被さってきている。こうして見上げていると、やっぱり小牧は大きいと思う。図体ばっかり大きくなっているくせに、器は極めて小さいとも思うけれど。

嫌いな相手が勝負をしかけてきても、寛大な心で許してくれれば良かったのに。

でも、今日で全部終わりだ。私の勝利は揺るがないのだから、今は少しくらい強気に出ても良かろう。

「梅園の言うことなんて、聞かない。嫌いだからって嫌がらせばっかしてくる、最低人間のくせに」

「……なんなの、その態度」

小牧は眉を顰（ひそ）めた。その顔は自然で、少しだけ、心が軽くなる。

「私も梅園のことが嫌いだから、態度に出してるだけ」

茶色の瞳が揺れる。

その瞳に浮かんでいるのがどんな感情なのか、考えてもわかりそうになかった。

好きとか、嫌いとか。面倒臭いと思う。単純に二つに分けられたらどれだけ幸せだろうと思うけれど、それが無理だから人間なのであって。

思わずため息をつきそうになったとき、ざあざあという音が聞こえた。

「え」

嘘だろ、おい。

目を丸くしていると、小牧は立ち上がって、窓の外を眺め始めた。

戦慄しながら立ち上がり、窓の方を見ると、バケツをひっくり返したような大雨が降っているのがわかった。

どうやら私はまだ、小牧の力を甘く見ていたらしい。背筋に汗が滲（にじ）むのを感じる。さすがの私も、天気予報を無視して雨が降るなんて思ってもみなかった。

私は絶句して、ただ彼女の顔を見つめることしかできなかった。

小牧は天使のような笑みを浮かべて、言った。

「私の勝ち、だね」

小牧は無骨なビニール傘を開きながら言う。私は肩にかけたバッグを自分の体に引き寄せた。その程度でガードできるほど、小牧の攻撃は弱くないと思うけれど。

「急に静かになったね」

はぁ、と息を吐く。

完敗だ。まさか0が0じゃないなんて。さっきは絶対勝ったと思ったから強気に出てしまったが、負けてしまってはもうどうしようもない。あの態度を理由にひどいことをされるかもしれないし、今から憂鬱である。

「入れば？」

彼女は広げた傘の下で、私をじっと見つめている。

天気による勝負に負けた私は、彼女と一緒に早退することになっていた。これでも中学の頃は皆勤賞を取っていたから、高校でも取ろうと思っていたのだが。

私の日常だとか目標だとか、そういう類のものは全部小牧に破壊される運命らしい。いい加減彼女に勝ちたいところなんだけど、運でも実力でも勝てないなら一体どうすればいいのか。

「……なんでビニール傘なの？」

「なんでって、何」

「いや、梅園っていつも可愛い柄の傘持ってるじゃん。今日はビニール傘なの、不思議だと思って」

　昔から小牧は、別に好きでもないだろうに可愛い柄の傘を持っていた。最近も花柄の傘を持っているのを見たことがあるし、今日に限って妙に丈夫そうなビニール傘を持ってきたのはどうしてなのか。

　そもそも、天気予報では雨は降らないと言われていたのに、折り畳みじゃなくて大きい傘を持っているのは一体。

　小牧くらい神に愛されていると、未来予知までできるようになるのだろうか。

「別に。そういう細かいところ、気にする必要ないから」

「……まあ、それもそうか」

　いいけど。いいんだけど、気になる。でもこの態度からして、多分どれだけ聞いても答えないんだろう。

　私は小さく息を吐いて、彼女の横に立った。変に意地を張って濡れるのも馬鹿馬鹿しい。今日は折り畳み傘も持っていないし。

小牧は何も言わずに歩き出す。相変わらず歩調は合わないから、私は必死に足を動かすことになった。ほんと、思いやりのかけらもない。でも、傘には入れてくれるんだよな、と思う。

「ペンギンの赤ちゃんみたい」

「なんじゃそりゃ」

「知能が低そうってこと」

「ペンギンの赤ちゃん見てそんなこと思わなくない？　可愛いじゃん」

「ペンギンの赤ちゃんはね。でも、わかばだから」

どういう意味でしょうか。

「赤ちゃんから可愛さを徹底的に除いたら、わかばになるんじゃない」

「誰がブサイクだおい。そんなこと言ったら梅園だって……」

いや、どれだけ貶(けな)そうとしても、小牧が客観的に優れているのは確かなのだ。少なくとも私よりはよっぽど美人だ。その代わり、私と一緒にいる時の愛嬌(あいきょう)のなさは異常である。基本無表情。人が困っているところを見て笑う。人の体に無遠慮に触る。小牧の悪いところを数えていったら、数え役満が出るに違いない。

あれから麻雀(マージャン)の点数だとか役について色々調べたけれど、小牧の運が異常だということがわかった。多分小牧は宝くじを買ったら平気で一等を出すタイプだ。

「……梅園とゴーヤだったら、ゴーヤの方がまだマシだし」

「ふーん。ゴーヤ、そんな嫌い？」

「嫌い。世界で四番目くらいに嫌い。苦いし、青臭いし。あんなの好き好んで食べる意味がわからない」

「言い過ぎ。ゴーヤ農家に謝りなよ」

くだらない言い合いをしながら、土砂降りの雨の中を歩く。彼女と肩が接触しないようにしていると、いくら傘が大きくても反対側の肩が濡れていく。

別に、片方濡れたってどうってことはないけれど。ちょっと気持ち悪いのは確かだ。でも、小牧と今ここで肩を触れ合わせる方がよっぽど嫌だと思う。

この前はいつの間にか肩を触れ合わせていたけれど、あれは例外だ。小牧にひん剝かれたせいで、心が少し、変になっていただけである。

「……ねえ」

なんとなく、閉ざされている、と思った。

まだ午前中で、しかもこんなに雨が降っているからか、周りには人がいなくて。聞こえるのは雨音と小牧の声だけだ。雨によって外界から切り離された私と小牧だけが、今このの世界に存在している唯一の生き物みたいに思えてくる。

不思議と不安はなかった。大きくて小さい傘の下で、二人っきりで歩いて。何をされるかわからないはずなのに、まだもう少し、雨が続いてほしいような気もする。

私はやっぱり、どうかしているのかもしれない。

「私のこと、一番嫌い？」

小牧は少しゆっくり歩きながら、問う。

見上げれば茶色の瞳と、視線がぶつかる。

その視線に込められた意味を、私は知らない。

「三番目くらいに嫌い」

一番と言うのは簡単だけど、そう言うのは癪だった。

それに、私はきっと。

誰よりも、何よりも小牧が一番嫌いだと言うには、色々なものが足りていないのだと思う。

「だったら、一番嫌いになりなよ」

彼女は立ち止まる。

私もそれに合わせて止まった。

あらゆる音が遠ざかっていくような感じがする。二人きりの世界でこうして向き合っていると、心がどんどんおかしくなっていく。

その瞳に心まで吸い込まれて、消えていってしまいそうな。

いくつもの言葉が喉の奥で詰まって、息が苦しくなるのを感じた。

「ゴーヤよりも、みょうがよりも、プチトマトよりも。私のことを、嫌えばいい」

「なんで、そんなこと梅園に命令されなきゃいけないの」

「わかばのことが、嫌いだから」

直球だ。

人に嫌いと言われれば多かれ少なかれ傷つくものだが、小牧には今更どれだけ言われたって傷つきはしない。

最初は悲しかったけれど、嫌いと言われるのにも慣れた。私だって、日常的に彼女に嫌いだと言っているし。

そう、どうってことないのだ。友達だと思っていた相手が本当はそうじゃなくて、私のことを誰より嫌っていたってことくらい。

本当に、どうってことない。

「私はわかばのことが一番嫌い。わかばも私のことが一番嫌い。そうじゃないと、駄目でしょ」

何が駄目なんだろう、と思う。

嫌いだと思っている相手に、もっと嫌われたい。そんな感情、私にはないし理解できない。少なくとも私は、憎まれ口は叩いても小牧にもっと嫌われたいとは思っていない。

これ以上嫌われたらもっともっとひどいことをされそうだし。

何より、人に積極的に嫌われたがるなんて意味不明だ。

恋愛観といい、小牧の考えは私には何一つ理解できないものが多い。だから彼女について知れば知るほど、嫌な気持ちになる。それでも私は、彼女のことを知りたいと願っているのだろうか。知ったところで、私にできることなんてないくせに。

どうしようもなく、胸がちりちりするのを感じた。

「そんなの知らないし。梅園の、馬鹿」

「馬鹿はわかばの方でしょ」

「うるさい」

話が終わると、私たちは再び並んで歩き出した。

その時、前方から車が走ってきているのが見えた。私は車道側を歩いていた小牧と位置を交代して、彼女と完全に歩調を合わせた。

それから数秒で、車が私たちの近くまで走ってきて、水を撥(は)ねかけてきた。ちょうど大きい水溜(みずた)まりがあったのか、私の体はびちゃびちゃになってしまう。せっかく傘に入れてもらったのに、これじゃ意味なしである。

ため息をつく。

私は一体、何をしているんだろう。

体に染みついてしまった習慣とは恐ろしいものだ。辛いパスタを代わりに食べてあげたり、小牧が濡れないように立ち位置を変えたり。

本当に、自分の体じゃないみたいだ。

そんなわけないと言えないくらいに、私は小牧のために動いてしまっている。本当に今までの行動が、小牧のためになっているのかは知らないけれど。小牧にかける言葉を間違えた時みたいに、いつか今日のことを後悔する日が来るのかもしれない。

その時の私は、今日という日の私に対して、どんなことを思うのだろう。

相手が小牧じゃなければ。もっと単純で、わかりやすい、たとえば夏織相手なら、何を言ったたって後悔することなんてないんだろうけれど。

小牧に対してだけ、色々考えてしまうのはなんなんだ。本当に、嫌になる。

「ねえ、梅園。知ってる？　鏡餅の上に乗ってるのって、みかんじゃないいんだよ」

「知ってる。橙（だいだい）でしょ。それが？」

「……あはは、なんでもない！」

やっぱり、しっくりこない。

「わかば」

「……何さ」

「……別に」

夏織や茉凛とするような雑談を、小牧としたって楽しくない。それは小牧がなんでも知っているせいなのか、それとも。

よくわからない。私は小牧と早く縁を切りたいだけなのだ。二人で楽しく過ごしたいとか、前みたいに仲良くしたいだとか、そういうのは。

ないはずだ。きっとない。ない、はずなのに。

「梅園、これあげる」

私はバッグを小牧に押し付けて、傘の外に出た。

馬鹿みたいに空から降り注いでいる雨が、私の髪を濡らしていく。今日の出来事全部が、雨に流されていくような感じがした。

今の私は髪に埃(ほこり)なんてついていないし、髪がぐしゃぐしゃにもなっていない。水に濡れた髪は、今日が雨だということしか教えてくれない。

でも、それでいいとも思う。

全部全部、流れて消えてしまえばいい。後悔する暇もないくらい、振り返っても見えなくなるくらい、流れて薄れて消えてしまえば。きっと私は、今より自由になれると思う。

「……うん、いい天気だ」

「何言ってるの、この馬鹿」

「あはは、確かに。馬鹿かもね、私」

　ブラウスもスカートも、ローファーも。全部ぐしょ濡れだ。明日は替えのローファーを靴箱から引っ張ってこないといけない。

　でも、今はそんなことどうでもいいと思う。

「梅園は小さい頃、雨でテンション上がったりしなかったの？」

「しないよ、馬鹿じゃないから」

「えー。私はしたけどなぁ。雨の日は新しく買ってもらった可愛い傘差せるし、いつもと景色が違って楽しいし。それに、民家のパイプから流れてる水が面白かったし！」

　小牧はどんな子供だったっけ。

　色んな記憶に上書きされてしまったせいなのか、いまいちよく思い出せない。

　小さい頃、私は小牧と、勝負以外に一体何をしていただろう。一緒に遠足に行った時は？　一緒に遊んでいた時は？　いつも彼女の隣で、どんなことを話していた？

　全部、わからない。

「そんなので楽しめるほど、単純じゃないから」

　確かに、と思う。

　でも、小牧も夏織くらい単純だったらよかったのに。そうすれば私だって、今も小牧と普通の友達でいられたと思う。

　小牧が単純な人間だったら、私も勝負を挑まなかったから、そもそも友達にすらなっていなかったかもだけど。

「でも、傘は昔っから可愛いのだったじゃん。あれ、差してて楽しいとかなかったの？」

「それは……」

小牧は一瞬、何かを言いかけてやめたようだった。

「別に。傘は傘でしょ」

彼女はそう言って、そっぽを向いた。

やっぱり可愛い傘を持ってるのって、小牧じゃなくて小牧の両親の趣味なのかな。

つまらない、と思う。

「じゃあ、梅園がテンション上がるのって、どんな時なの？」

「……さあね。わかばと違って単細胞じゃないから、テンションなんて上がらない」

「誰がアメーバだこら」

単細胞だったらどれだけ幸せか。

来世はもっと単純極まりない生物に生まれたいものである。できれば小牧みたいに面倒臭い人間が周りにいなければ、なおいいと思う。

私は空を見上げながら、小さく息を吐いた。

「そういうところが、嫌いなんだよ」

呟いてから、私は大雨の中を歩き始めた。

小牧は私についてきたけれど、それ以上何を言うこともなく、無言で私を見つめるのみだった。

「は……くしっ！」

「わかば、くしゃみの仕方が汚いよ」

あのまま帰れるとは思っていなかったけれど、案の定私は小牧の家に連れてこられていた。

家に来るのが何年振りなのかはわからない。でも、久しぶりだけど全く楽しくないし、むしろ気分は沈み込んでいた。

この家は悪の本拠地みたいなもので、入ったら最後何されるかわかったものではない。だけど、逃げるに逃げられないことは私が一番よく知っている。

「……はぁ。馬鹿じゃないの、ほんと。ちょっと待ってて」

彼女は呆（あき）れたように言ってから、家の奥に引っ込んでいく。

運がいいからか、大抵のことは完璧にこなせるからか、小牧はあんな大雨の中を歩いていたのに全く濡（ぬ）れていない。

これが持つ者と持たざる者の差というやつなのか。私はなんとも言えない心地になった。

車道側、ずっと歩かせてればよかったかな。

夏は夏だけど、さすがにここまで濡れていると寒い。下着までぐしょぐしょになっているし、できることならこのままお風呂に入りたいくらいだ。

「タオル、持ってきた」

しばらくすると、彼女は玄関に戻ってくる。その手にはタオルと小さなカゴがあった。

「ありがと」

タオルを受け取ろうと手を伸ばすが、渡してくる気配がない。

……うん？

「梅園？」

「動かないで。拭くから」

「え」

一体どういう風の吹き回しだろう。私より遥かに複雑な多細胞生物様が、単細胞の私めを拭いてくださるとは。

「いや、いいから。自分で拭ける。赤ちゃんじゃないんだから」

「うるさい。そんなに私に拭かれたくないなら、今すぐ勝負したら。わかばが勝ったらやめてあげる」

今ここでできる勝負なんて、たかが知れている。じゃんけん、指相撲、睨めっこ。全部小牧に勝てるような勝負じゃない。

いや、ワンチャン睨めっこなら勝てるのか？

いやいや。睨めっこしましょ、なんて言っても小牧がやるわけなかろう。

「しょうがない。梅園に私を拭く名誉をくれてやろう。感謝したまえ」

「やっぱ馬鹿でしょ、わかば」

「何を言うか」

小牧はそれ以上何も言うことなく、私の頭をタオルで拭いてくる。

柔軟剤の香りには、その家の個性が出ると思う。普段の小牧と似たような匂いが、タオルから香ってきている。花みたいに甘くて、どこか優しい感じ。

でも、小牧自身の匂いとは少し違う。

犬のように頭を拭かれていると、段々と小牧の家の匂いが気になってくる。以前来た時とほとんど変わらない匂い。

懐かしくて、心地好(よ)いとは言えなくて、でも、どこか心を刺激してくるような匂いだ。

小牧が私の家に来た時は、どう思ったんだろう。

疑問を抱いていると、不意に彼女の手が制服に伸びてきた。

「脱いで」

あの時と同じ台詞(せりふ)。

でも、あの時とは違う。

勝負に負けて、大事なものを奪われる前と違って少しだけ余裕がある。それでも、彼女の前で脱ぐのが嫌だというのは変わらないが。

しかし。あんまり意地を張っても、風邪を引くだけだとわかっている。ほとんど風邪なんて引いたことがないけれど。

私は小さく息を吐いて、ブラウスのボタンを外した。小牧の前で平然と服を脱げるようになったのは、果たして良いことなのか悪いことなのか。

「脱いだけど」

「下着は？　濡れてるでしょ」

「……」

確かに、濡れているけれど。

さすがに玄関先で脱ぐようなものでもなくないか、と思う。いや、前に部屋で裸を見せておいて、今更何をためらっているのかという話なのかもしれないが。

私の裸はそんなに安くない。

そう簡単に小牧に見せていいものではないし、見せるつもりもない。だけど彼女の無感動な瞳に促されると、逆らう気力も湧かなかった。

ミスったな、と思う。

いくら心の気持ち悪さを洗い流すためとはいえ、大雨の中に飛び込んだのは失敗だった。

そのせいでまた彼女に自分の体を見せることになっている。

私はため息をついて、下着に手をかけた。

「はい、脱いだ。脱ぎました。ほら、さっさと拭けば。愛しのわかばちゃんが風邪引いちゃうよ」

「……これ、着れば」

彼女はそう言って、持ってきたカゴを渡してくる。その中には、部屋着と思しき服が入っていた。

そのまま裸でいればー、とか言われるかと思ったけれど、そこは常識的らしい。

「ん。ありがと」

「脱いだのは、渡して。乾かすから」

「いいけど……」

下着ごと、彼女に服を手渡す。

彼女は服に目を落とすと、ふっと息を吐いた。

「わかばのって、ジュニア下着？」

「違いますが」

「ふーん、違うんだ。驚き」

おいこら。喧嘩売っとんのか。

こやつは私を馬鹿にしなければ気が済まないのか。こちとら今年で十六歳なのだから、子供用なわけなかろうに。

ほんの一欠片(ひとかけら)の優しさを見せてきたかと思えばこれだ。やっぱり小牧は小牧である。

「……体、まだ濡れたままなんだけど。拭かないなら、タオル貸して」

「嫌」

面倒臭い、と思う。

少しくらい素直に私の要求に応えてくれてもいいのに。そうは思うけれど、素直で可愛げがある小牧なんて、小牧じゃないわけで。

私は仕方なく、小牧に体を拭かれることにした。

この前は裸にひん剝(む)かれてハグなんてされたけれど、今度は全身を拭かれることになるとは思いもしなかった。でも、今日はこの前と違って、脳が警鐘を鳴らすような感じはしない。

結局小牧に変なことをされることはなかった。例によって凝視はされたけれど。

なんだかひどく疲れた。

さすがに下着までは貸してくれなかったから、妙にスースーするし。ていうか、服のサイズが私ぴったりなのが嫌だと思う。なんでこんな小さい服持ってるんだろう。どう考えても小牧には小さすぎるサイズだ。

彼女の両親も背は高いし、一人っ子だから妹とかのやつでもなさそうだけど。

昔買った服、取っておいてあるとか？

だとしたら、意外に小牧はものを大事にするんだな、と思う。ものを大事にできるのなら、私のことも大事にしてほしいところだけど。

「で。学校サボって帰ってきたわけだけど、何するの？」

小牧の部屋までやってきた私は、なぜかベッドに座らされていた。

最後に来た時とほとんど変わっていないベッドだけれど、やっぱり私と一緒に昔ゲーセンでとったぬいぐるみは消えていた。

ぬいぐるみが捨てられていることに、思うところがないわけじゃない。私との思い出とかは、服と違って大事に取っておかないんだ、とか。でも、別に悲しいとかそういうのはない。

もう、小牧の嫌な行動には慣れているし。

「別に」

することがないなら、帰りたいんだけど。そうもいかないんだろうな、と思う。

話すことがなくなって、部屋には時計の音だけが虚しく響く。そろそろ十二時になるけれど、茉凛たちはどうしているだろう。

ていうか、そういえば。

「……お昼、食べてないじゃん」

「食べれば。どうせ、弁当持ってきてるんでしょ」

「そうだけど……梅園は？」

「私は、いい」

「ダイエットでもしてるの？」

「してない。横に広いわかばとは違うから」

「私、標準より軽いんですが」

大体、さっき私の裸を見ただろうに。今すぐ服脱いでお腹(なか)の引き締まり方を見せたろうかって心地になる。

もっとも、私は小牧と違って変態じゃないから、自ら進んで体を見せるとかそういうのはしない。

私はこれでも淑女なのだ。ちゃんと慎みを持って生きていると思う。多分。

「……はぁ。じゃあ私、お弁当食べるから。梅園は指咥(くわ)えて見てれば」

「飲み物持ってくる」

小牧はそう言って、部屋から出ていく。

私は小牧に預けておいたバッグから弁当箱を取り出して、テーブルの上に広げた。

なんとなく暇になって、小牧の部屋を眺めてみる。全体的に、呆れるくらい前と同じだ。私との思い出の品的なやつは残っていないみたいだけれど。

しばらくして、小牧はペットボトルを二本持って戻ってくる。

二本ともメロンソーダだ。もしかして、私の熱心な布教によって小牧もメロンに目覚めたんだろうか。

だとしたら、少し嬉しい。

「メロンソーダなんだね？」

「別に、他意はない」

それはさすがに苦しくないか、と思う。わざわざメロンソーダを持ってきておいて、他意がないわけないだろう。

そう思うけれど、あんまりそこを突っつくと変なことをされそうだから、これ以上は何も言わない。

今日はもう疲れたから、余計なことはしないようにしよう。そう、思ったんだけど。

「梅園、何それ」

「知らないの？　世の中にはグミっていう食べ物があるんだよ」

「いや、それは知ってるけど……」

昼食の代わりなのか、小牧はメロン味のグミをポケットから取り出していた。

メロンソーダに、メロン味のグミ。特定の味の好みのない小牧が、わざわざメロン味のものを摂取しようとしている理由なんて。

踏み込まない方がいいんだろう。わかっている。余計なことを言えば、疲れるだけだってことくらい、私が一番よく知っている。

でも。

「それも、メロン味なんだ」

「家にこれしかお菓子ないから」

「そんなことある？」

梅園はそっぽを向く。

私はくすりと笑った。

「梅園もメロンに目覚めたんだね。メロン生まれメロン育ちとしては嬉しいよ」

「何それ、キモい」

「ふふ、なんとでも言えばよいとも」

私は鼻歌を歌いながら、弁当に手をつけ始めた。

珍しく、下手くそとか横槍(よこやり)が入ってこないな、と思う。張り合いがない気もするけれど、たまにはいいのかもしれない。

お母さんが作ってくれた弁当を食べようとして、私はふと思った。

小牧には好きな食べ物なんてないようだけど、本当にそうなのだろうか。小牧はあんまり食べることに興味がないらしく、いつも食事を適当に済ませている。だから好きなものが見つかってないだけなのではないか、と思う。

だとしたら、私より小牧の方がよっぽど赤ちゃんだ。

私はおかずをそれぞれ箸で二等分して、半分になったものを小牧の方に差し出した。

「はい、あーん」

「は？」

小牧は眉を顰めた。

ノリが悪いな、と思う。

「食べなよ。梅園、無駄に大きいんだから。ちゃんと食べないと栄養失調で死んじゃうよ」

「そんな柔じゃないし、なんなの」

「いいじゃん、食べてくれたって。私、割と少食だし」

「いつもちゃんと弁当食べきってるでしょ。私が食べる必要なんてない」

小牧と一緒にお昼を食べることはないし、同じクラスでもない。だというのに、なんで私がいつも弁当を完食していることを知っているんだろう。中学の頃とは、お弁当の量も変わっているというのに。

エスパーか何かか。

「お母さん、梅園の感想聞きたいって言ってたし」

嘘(うそ)である。

でも、外面だけはいい小牧様は、私のお母さんに弱いようだった。

「……わかった。でも、先にわかばが食べて」

「え、いやいや。箸、汚くなるし」

「わかばが使ったくらいで汚くなるほど、箸は弱くないから」

強い弱いの問題だろうか。

せっかくならまだ私が使っていない箸で食べた方が、小牧的には美味しく感じると思うんだけど。

いや、もしかすると彼女は、私に毒味をさせようとしているのかもしれない。心配せずとも、変なものを盛ったりはしていない。ちゃんとお母さんが作ったものをそのまま持ってきているのだから。

まあ、今日は一つだけ、私の作ったおかずがあるんだけど。

無論それは小牧に食べさせるためじゃなくて、夏織と交換する用に作ったものだ。

私は小さく息を吐いてから、おかずに手をつけた。半分になったおかずを全種類食べて、毒なんて入ってないと教えてやる。ごはんは小牧の方が食べるだろうから、半分以上残しておく。

小牧は瞬き一つせずに、私をじっと見つめていた。いい加減ドライアイになりそうだ、と思う。

「はい、食べた。次は梅園の番ね」

「……いいけど」

「じゃ、あーん」

「いちいちあーんとか、言わないで」

「なんで？　こっちの方が雰囲気出ていいじゃん」

「なんの雰囲気なの」

「楽しいお昼の雰囲気」

小牧は柳眉を逆立てた。

「楽しくなんてないから、余計なことしないで」

随分な物言いだ。

私だって楽しくはないけれど、だからこそそういう雰囲気を出そうとしているんじゃないか。

これ以上、険悪にならないように。

「……わかった。ほら、食べて」

「……ん」

小牧の口に、食べ物を運ぶ。

こういうところは、意外と素直だと思う。私があーんした食べ物なんていらないと言ってきそうではあるけれど、一応ちゃんと食べてくれるらしい。

これがお母さんパワーというものなのかもしれない。

でも、一度彼女に自分の手で食べ物を食べさせたから、私はもう満足だ。何度もやっていると怒られそうだし、あとは自分で食べてもらった方がいいだろう。

そう思って彼女を見ると、小さく口を開けていた。

もしかして、次も食べさせろと言っている？

私は少し迷ってから、ハンバーグを彼女の口に運んだ。夏織がいつも奪ってくるハンバーグは、お母さんの自信作だ。小牧の舌を唸(うな)らせられるかは、わからないが。

「どう？　おいし？」

「美味(おい)しい」

私が作ったものじゃないから、小牧は素直だ。

この弁当をもしお母さんじゃなくて私が作ったと言ったら、不味(まず)いと言ってきていただろうけれど。

そう考えたらちょっと、ムカついてきた。私は次々に彼女の口に弁当の中身を放り込んで、その度に感想を聞いていく。

彼女は美味しいとしか言わなかったが、実際のところどうなのかはわからない。ずっと無表情だし、全然楽しくなさそうだし。

夏織だったら満面の笑みを浮かべているところだ。まあ、彼女もなんでも美味しいと言うから、あんまり参考にならないんだけど。

「……次、最後ね」

私は今朝作った玉子焼きを、彼女の口に運ぶ。

弁当の中身全てを作れるほどの技術はないが、玉子焼きを作るのだけは得意だ。いつから作り始めたのかはわからないけれど、いつの間にか私は玉子焼き名人になっていた。

小牧は玉子焼きを咀嚼(そしゃく)してから、少しだけ表情を変えた。

私以外にはわからないくらい、微かな変化。それが良い変化なのか、悪い変化なのか。よく、わからないけれど。

「甘い」

「そりゃ、砂糖使ってるし。梅園って、玉子焼きはしょっぱい派なの？」

「別に。……これ、わかばのお母さんが作ったの？」

どきりとする。

小牧がこうやって聞くってことは、お母さんが作ったものじゃないって勘付いているってことだ。

　なんでわかったんだろう。そんなに美味しくなかったのだろうか。

「……そうだよ」

「嘘。わかばっぽい味がした」

　なんだそれは。

　私は目をぱちくりさせて、彼女を見た。

　相変わらずの無表情で、彼女は私を見ている。

「それ、美味しいの？　不味いの？」

「わかばっぽい」

　答えになっていない。

　でも、これ以上何を聞いたって同じ言葉を返してくるだけなんだろう。せめて美味しいか不味いかどっちかで答えてほしかったけれど。

「……これで終わり。ご馳走様でした」

「ご馳走様。わかばのお母さんに伝えといて。美味しかったって」

「はいはい。確かに伝えますとも」

　ぶっきらぼうに答えると、小牧は口直しとでも言わんばかりにメロン味のグミを食べ始めた。

　こんなことなら食べさせなければよかったかもしれない。

私は小さく息を吐いて、メロンソーダを飲んだ。やっぱり、メロンソーダはいつ飲んだって美味しい。こんなに美味しいのだから、小牧がわざわざ買うのにも頷ける。口の中で弾けた気泡が、微妙に沈んだ気持ちをも弾けさせてくれる。

少しだけ、視界が開けた気がした。

「……お弁当、どのおかずが一番美味しかった？」

「どれもすごい美味しかった。……玉子焼き以外は」

舐めとんのか。

これでも夏織にも茉凛にも美味しいと言われているというのに。小牧は舌がおかしくなっているのだ。

私とほぼ同じ家庭環境で育ったくせに。

なんなんだ。こやつは毎日高級フレンチでも奢(おご)られているのだろうか。いいものの食べ過ぎでお腹(なか)壊せばいいのに、と思う。

「……わかば」

「はいはい、なんですかー」

「あげる」

彼女はそう言って、グミを一つ摘んで私の口元に運んでくる。

メロン味は、好きだけど。別に直接食べさせてくれなくてもいいのにと思う。小牧の手から食べたら、味が変わってしまいそうだし。

「いらない」

「なんで。好きなんでしょ、こういう安っぽいのが」

「好きだけど、梅園が触ったのはいらないから」

「……何それ」

小牧は気分を害した様子で言う。

私がせっかく作った玉子焼きを貶した罰だ。存分に気分を害すればいいと思う。そうすれば少しは、私の気持ちがわかるだろう。

そう思っていると、肩に衝撃が走った。

ぽす、という音がどこか遠くで聞こえて、肩を強く押されたんだと気がついた。その程度で倒れる私も私なのかもだけど、やっぱり小牧はおかしい。

どんな膂力をしているのだ、この森の賢者は。

「わかばはまだ、自分の立場がわかってないみたいだね」

彼女はそう言って、私を見下ろしてくる。

「わかばの尊厳は、わかばの全部は、私のものなの。私との勝負に勝たない限り、それはずっと変わらない。……だから、何をされても拒否権なんてない」

「だったら、どうするの」

自分でも意外なほど、強気になっている。

色々されすぎて、いい加減心が麻痺(まひ)してきているのかもしれない。

今度は何をされるか、不安な気持ちも確かにあるはずなのに。

「こうする」

彼女はメロン味のグミを咥(くわ)えて、そのまま私に顔を近づけてきた。

なるほど、そういうパターンか。

どこか他人事みたいに、そう思った。

でも、唇と唇がぴったりくっついてしまったら、もう他人事ではいられない。メロンの味と、小牧の匂いが混ざって、私の舌を麻痺させてくる。

メロンと小牧が結びついてしまったら、これから先どんな顔でメロン味のお菓子を食べればいいのか。せっかくの大好物まで侵食されてしまったら、いよいよ私の生活は小牧色に染め上げられてしまう。

大人しく、彼女の手からグミを食べればよかったのかもしれない、と少し思う。

でも、全ては後の祭りだった。

「キス魔。変態。馬鹿」

「わかばにには負ける」

私は馬鹿であってもキス魔ではないし変態でもない。

だけど、言い返すのも面倒だった。

「で？　大好きなメロン味のお菓子は、いかが？」

「美味しくない。……梅園のせいだから」

「じゃあ、美味しくなるまでやる」

彼女はそう言って、またグミを咥えて私にキスしてくる。

しつこい、と思う。美味しいと言えば終わるのはわかっているけれど、ここまできたら引き下がれない。

大人しく美味しいですー、なんて言ったら負けな気がするし。

「美味しい？」

「美味しくない」

「だったら、もう一回」

彼女は何度も何度も、私が美味しくないと言う度にキスを落としてくる。

時に軽く、時に深く。

無数のキスが私の唇に訪れる度に、心と体がずれていくのを感じる。私は今、一体どんな顔をしているんだろう。

意地を張り続けていると、やがて小牧の動きが止まる。

どうやら、グミの方が先に尽きたらしい。私はしてやったりという気分になって、勝ち誇った顔をしてみせた。

それが気に障ったのか、小牧はグミを口に咥えることなく、私にキスをしてきた。グミよりも柔らかな感触。何度もメロン味を二人で分け合ってきたせいか、彼女の舌からは濃いメロンの味がした。

最悪だ、と思う。

メロンと結びついた小牧の記憶をかき消すのに、一体どれだけの時間がかかることやら。いかに私の感情が薄れやすいといっても、今日の記憶と感情を薄れさせるのは容易ではないと思う。

しかし。

こうしてキスすることに慣れて、少しだけ。ほんの少しだけ、こういう時間も悪くないかもしれないなんて思ってしまっている私は、やっぱりどうかしていると思う。小牧と同じくらい、まともじゃなくなっている。

「美味しい？」

もう、メロンが関係なくなっている。

小牧の舌が美味しいか美味しくないかとか、そういう話になると、いよいよわけがわからない。

いい加減、私も自分を取り戻さないといけない。もっと強気に、キスなんて嫌だって言わないと。

　そう思って彼女を睨みつけた瞬間、白い光が瞬いた。

　一拍遅れて、轟音が辺りに響く。どうやら、雷が近くに落ちたらしい。停電にはなっていないようだけれど、代わりに、小牧の動きが止まる。

　そういえば、小牧はこういう大きな音が苦手だったっけ。

　辛いものが苦手で、雷も苦手。私のことを子供だとか赤ちゃんだとか馬鹿にするけれど、小牧も大概だ。完璧なようで、やっぱり完璧じゃない。私はするりと彼女の下から抜け出して、壁に背を預けた。

「梅園。ここ、座りなよ」

　私は仕方なく、自分の膝を叩いた。

　小牧は何も言わない。不安そうな顔をしているくせに、私の方に来ないのは、やっぱりプライドが邪魔をしているせいなのかもしれない。小牧はいつだって、プライドだとかそういうものに操られて生きているのだ。

　生きづらそうだと思うけれど、だったら仕方ない。

　私は彼女の腕を引っ張って、自分の太ももの上に座らせた。そのまま、彼女の両耳を手で塞いでやる。

　私は一体、何をしているんだろう。

小牧が不安がっていようと、怖がっていようと、どうでもいいはずなのに。

小牧相手だと、感情と行動が嚙み合わないことがある。好きな相手には好意をもって対応して、嫌いな相手には、それなりの対応を。

本来はそうじゃないとおかしいはずなのに、私は嫌いな相手である小牧に、妙な気遣いをしてしまうことがある。

本当に、面倒臭いと思う。この世に存在するのは、好きと嫌いの二つだけで十分だ。

「梅園」

名前を呼んでみる。耳を塞いでいるんだから当然かもしれないけれど、返事はない。小牧は私の行動に何を思ったのか、背中を私に預けてくる。

重い、と思う。

小牧の体重なんて知らないけれど、とにかく重い。もしかするとそれは、物理的な重さではないのかもしれないけれど。

「小牧」

呼んでも聞こえない。

そうわかっていたからなのだろうか。

私はそっと、小牧の名前を呼んだ。やっぱり返事はなくて、それに安心して、心のどこかがちくちくした。

「大丈夫だよ、小牧。私がいるから、怖がらないで」

くだらない、空虚な言葉。発するのが遅すぎた言葉は、もう効力を完全に失っている。

七年前に同じ言葉を口にしていたら、もしかしたら何か変わったのかもしれないけれど。

でも、全部後の祭りだ。

私はもうあの頃の私じゃないし、小牧だってあの頃の小牧じゃない。心に降り積もった
小牧は私をじわじわ侵食して、違ったものへと変貌させていく。

小牧はどうなんだろう。私の失敗によって変わってしまった小牧は、ある意味私に侵食されて変わったとも言えるのではないだろうか。

だからどうしたって話だけど。

「私がちゃんと、小牧のこと守るから」

本当は、ずっと小牧にそう言いたかったのかもしれない。でも、今こんなことを言っても、私の心にも小牧の心にも、何も残らないと思う。

小牧のことを好きだった頃の気持ちも、記憶も、ほとんど忘れてしまっているのだ。

今更何をどうしたって小牧のことなんて好きになれないし、なるつもりもない。ただ私は、彼女は完璧じゃないと証明したいだけで。

でも、それは。

どうしてなんだろう。単に私が勝ち誇りたいから？　完璧じゃなくなった彼女を笑いた

いから？

それとも。

「……はぁ。小牧の、馬鹿」

わからない。どうでもいい。なんにしたって、私が勝てば全て終わる話だ。

小牧に勝って、彼女とは違う道を歩んで。そうしていつか、小牧のことを忘れられればいい。

完全には、無理だろうけど。

だけど、きっと私なら大丈夫だ。私はどんな感情も記憶も、薄れさせることができるのだから。本当に、嫌になるくらいに。

「……なんなの？」

右手を耳から離して、彼女の頭を撫でてみる。

すると彼女は、さっきまで石像みたいになっていたのが嘘であるかのように、不機嫌そうに私の方を見てきた。

いつも通りだ。しおらしい小牧なんて小牧じゃないし、あんまり長く見ていたくなかったから、助かる。

私は目を細めた。

「別に」

「何それ」

「梅園の真似」

「私、そんな馬鹿っぽくないから」

教室ではあんなに抵抗したくせに、今は無抵抗で私に撫でられているのはどうしてなんだろうと思う。

でも、多分それについて言及したら、すぐにでも私から離れていってしまうんだと思う。

別に、それでもいいけれど。

今私から離れたら、困るのは小牧の方だ。また雷が落ちたら恐怖で震え散らかしてもおかしくない。

だから私は、何も言わない。私には小牧を積極的に泣かせるような趣味はないのだ。私が幸せにしてやろう、みたいなあれはないけれど、これはもう私の性である。

「ねえ、わかば」

「なあに？」

「あの、シャーペン。学校に持ってこないで」

「なんで」

「あれ見ると、嫌な気持ちになるから」

予想通りの言葉を、彼女は言う。

私は小さく息を吐いた。

「わかった。じゃあ、捨てる。二度と梅園の目に入らなければいいんでしょ」

「……好きにすれば」

ひどく不機嫌そうな声で、彼女は言う。

私はそれ以上何も言わずに、彼女の頭を撫でた。

さっきも思ったけれど、彼女の髪は触り心地がいい。だからってずっと触っていても仕方ないとも思うんだけど、抵抗されないからやめ時を見失う。

いっそ編み込んでやろうか、と思う。人の髪を見ると編みたくなるのもまた、私の性だったりする。どんな性だって話だけど。

「しりとりでもしようか」

「は？」

「しりとりのりから、どうぞ」

沈黙を無理に埋める必要はない、と思う。それでも私は、無意味に彼女に話しかける。

左耳から静かに手を外して、両手で彼女の長い髪を梳かしていく。私よりは短いけれど、やっぱりそれなりの長さだ。

これは編み込み甲斐がありそうだ、と思う。

私は彼女にバレないように、少しずつ髪を編み始めた。

「……りんご」

どうせ乗ってこないと思ったけれど、意外にも小牧はしりとりに乗ってきた。

思わず目を丸くすると、彼女は背中を私に押し付けてきた。

早くしろ、の合図だろう。

「ゴリラ」

「ラッコ」

レスポンスが早すぎる。

少しくらい、考える暇を与えてくれてもいいと思うのだが。

こ、こ、こ。

こから始まる言葉といえば。

「小牧」

咄嗟(とっさ)に口から出たのは、それだった。

嘘だろ、と思う。

中学の頃、普段一人称を名前にしていると面接の時咄嗟に出てしまうことがあるから気をつけろ、と先生に言われたことを思い出す。

なるほど、こういうことか。

普段心で小牧のことを名前呼びしているから、つい。

ないか。

「き」は一体どこにいってしまったのか。これではしりとりが全く成り立っていないでは

「……わかば」

だというのに、小牧は堂々と私を見上げてくる。

いつもは見下ろされてばかりだから、こうして見下ろすのはかなり新鮮だ。刹那の優位。

それにはきっと、意味なんてないんだろうけど。

「わかば」

そう何度も呼ばなくても、聞こえている。

なんで二回も呼ぶんだろう、と思う。私はそんなに、小牧の名前を呼びたいなんて思わない。嫌いな相手の名前なんて、呼んだって仕方ない。しかし。

「わかば」

しつこい、と思う。

小牧の口から、私の名前なんて聞きたくない。私は彼女を太ももの上からどかして、そのまま肩を押した。

さっきの私みたいに、彼女はベッドに背中をくっつける。二人で体重を預けていても、小牧のベッドは軋まない。それがなんだか、ずるいような気がした。

私は彼女の上に覆いかぶさった。

楽しくはない。

こういうのは別に、私の趣味ではないし。しかも小牧にじっと見つめられているから、全くもって落ち着かないし。

「ねえ、わか――」

「今日の梅園は、しつこいよ。色々と、ほんとに」

私は小牧にそっと口づけした。

これ以上名前を呼ばれていると、おかしくなりそうだった。大体、しりとりをするって話だったのにどうしてこんなことになっているのか。

大人しく私に従おうとしない小牧の方が、らしいとは思うんだけど。

今日はキスばかりしているな、と思う。せっかく夏織たちとじゃれ合って小牧とのあれこれを少しは忘れられたと思ったら、これである。

結局小牧と同じ高校に通っている以上、彼女から逃れることはできないのだろう。物理的にも、精神的にも。

私は何度も彼女の唇を啄んだ。

少しメロンの香りがするけれど、それ以上にやっぱり、小牧は小牧だった。柔軟剤なのか香水なのか、シャンプーなのか。わからないけれど、小牧の匂いがする。私の方はどうなんだろうと思うけれど、聞けるはずもない。

遠くから雷鳴が聞こえる。

小牧はそれに慣れてきたのか、今度は怖がる様子を見せない。

さっき雷が落ちてから数分しか経っていないのに、もう小牧が何十メートルも先に行ってしまったような、そんな気がした。

馬鹿みたいだ、と思いながら彼女とキスを続ける。

小牧はここにいる。私もここにいる。でも、遠い。繋がらない。それが少し嫌で、でも、今の私たちらしい。

「勝手にキスするの、禁止だって言ったでしょ」

「知らない」

「……生意気だよ、わかば。お仕置き」

またキスされるかと思ったら、頰(ほお)を引っ張られた。

やっぱり小牧は、完璧なんかじゃないと思う。ドリンクバーのジュースを混ぜているのを見た時も思ったけれど、小牧は意外に子供だ。

「わかばってさ。口も馬鹿みたいに小さいよね。スズメみたい」

あんまり鳥類に喩(たと)えてほしくはないけれど。

頰を引っ張られながら言い返すのは面倒だから、何も言わない。

小牧は楽しそうに笑っている。無表情よりはいい……とも言えない。不細工になっているであろう顔を見て笑うなんて、性格が悪い。これならキスされた方が、よっぽど。

　よっぽど、なんだ。

「雨が止むまで、ここにいれば。せっかく乾かした服がまた濡れたら、乾かした意味がないしね」

　そう言って、彼女は私から手を離す。

かと思えば、小牧はさっきみたいに私を座らせて、背中を預けてきた。そんなに私の上に座るのが気に入ったんだろうか。嬉しくはないけれど、これ以上妙なことにならないのならそれでいいと思う。

　私は小さく息を吐いて、編みかけの彼女の髪をまた編み始めた。

　抵抗は、されない。

　彼女は退屈そうに爪を見ながら、私にされるがままになっている。

　小牧は今、どんな気持ちで私と一緒にいるんだろう。嫌いな相手に髪を触られてもなお、体を預けてきているのは。

　わかるはずもないし、わかる必要もないのかもしれない。私は小さく息を吐いて、彼女の髪を一房手に取った。

　それに静かに口づけしてみるけれど、得られるものはなさそうだった。

　私たちは本当に、何をしているのか。

4 私だけが言えること

あの雨の日から、二日が経った。

私は朝から例のシャーペンと睨(にら)めっこをしていた。小牧(こまき)には捨てるなんて言ったけれど、実際シャーペンを捨てる気はない。

彼女に言われたからって、大人しく学校に持っていくのをやめるというのも癪(しゃく)だし。

でも、持ってきているのが見つかったらそれはそれで面倒だ。だからといって、彼女とお揃(そろ)いで買ったことを思い出してしまった以上、家では使いたくない。

ため息が出る。

どうして朝っぱらから小牧に関することでこんなに悩まなければならないのか。私の日常も、心も、小牧ではなく私のものなのだから、もっと私のために動いてくれないと困る。

結局私は、スクールバッグの底にシャーペンを入れておくことにした。

これが私にできる精一杯の抵抗だ。

今後こういう面倒なことにならないように、小牧に勝てるような勝負を考えておかなければならない。

「勝負、勝負ねぇ」

私はちらと机の上に目を向けた。

机の上には、小牧から借りた花柄の折り畳み傘が置かれている。結局あの後雨が止むことはなく、私は彼女に傘を借りて家に帰ったのだ。

小牧は「泊まっていけば」なんて言っていたけれど、さすがに遠慮させてもらった。まだ色々準備ができていない。勝てそうな勝負も思いついていないのに、諸悪の根源である彼女の家に泊まったら。

どう考えてもやばいと思う。

下手すれば彼女が家に泊まりに来た時よりもっと、ひどいことをされるかもしれないし。結局彼女も無理には引き留めてこなかったから、変なことをするつもりはなかったのかもだけど。

しかし。

「……はぁ」

ものを借りたら、返すのは当然で。

昨日は快晴だったから一日傘を外で干して、そして日曜日を迎えた。傘はあれだけびちゃびちゃになっていたのが嘘であるかのように、すっかりからからになっている。

心なしか描かれた花も太陽を浴びて元気に育っているように見えた。

それはいいんだけど。

小牧から昨日電話がかかってきて、早く傘を返せとせっつかれたのだ。予報ではしばらく雨が降らないのだから、別に月曜返してもいいじゃん、と思う。ビニール傘だって持ってるんだし。

でも家に返しに来いと命令されたら、尊厳を認められていない私は逆らえないわけでして。

でも、しかし、それでも。

行きたくない。

約束はした。今日返しに行くとは言った。だからといって行きたいかどうかは別だ。何をされるかわかったものじゃないから、行きたくない。

どうせ小牧のことだから、こっそり家の前とかに置いとこうとしても私に気付きそうだし。

ため息がどんどん長くなって、肺の空気が全部抜けていくような感じがする。このままでは私は酸欠で死んでしまう。

そう思っていた時である。不意に家のチャイムが鳴った。

宅配か何かかな、と思っていると、お母さんの声が聞こえてくる。

「わかばー！　茉凛ちゃん来たわよ！」

「え」

茉凛が？

咄嗟にスマホを見るけれど、来るなんてメッセージはない。特に約束だってしていないはずだけど、いきなりどうしたんだろう。

何か、相談話があるとか？

ずき、と胸が痛むのを感じる。最近はあまり人の相談に乗ることはないが、もしそういう話だったら、少し怖いと思う。

私のせいでこれ以上、大切な人が変わるのを見たくはない。

……大切な人。

かつての小牧は、確かに私の大切な友達だった。今では彼女への好意自体、前世で抱いていた感情みたいに、遠く感じてしまうけれど。

「わかば、入っていい？」

いつの間にか、私の部屋の前まで来ていたらしい。

私は少し迷ってから、いいよ、と答えた。

彼女はゆっくりと、滑り込むように部屋に入ってきた。

「おはよ、わかば」

「ん、おはよ。……今日はおしゃれさんだね？」

いつも茉凛は可愛い服を着ているが、いつもよりもっと可愛い気がする。

茉凛はあまり香水をつけるタイプではないはずだけど、今日はつけているみたいだった。

小牧とは違う、クレープみたいな甘い匂いがする。

彼女が浮かべているふわふわした笑みとあいまって、クレープがそのまま人になって現れちゃいました、みたいな感じがする。

ふわり、ふわり。

熱で溶けたゆるめのホイップクリームを彷彿とさせる笑みが、私の心を少しだけ軽くした。

「うん。今日はちょっと、気合い入れてみたんだ。昨日、新しい香水も買ってきたしねー。……嗅いでみる？」

「え。この距離でも、結構匂いするけど」

「いいからいいからー。近くで嗅いだ方がもっといい匂いだよー」

彼女に手を引かれて、そのまま胸に飛び込む形になる。

柔らかさが鼻にくっついて、少し遅れて甘い匂いが追いついてきた。

確かに、近づいた方がいい匂いがするかもしれないけれど。

「金曜、何かあった？」

上から声が降ってくる。

私は顔を上げた。

「ちょっと具合が悪くて、帰っちゃった」

「梅ちゃんと一緒に？」

「……ううん。梅園も、早退してたの？」

「……んー」

茉凛は何かを考え込んでいるような顔で、私の頭を撫でてくる。

「茉凛？」

「夏織ちゃん、怒ってたよ」

「夏織が？　なんで？」

「玉子焼き食べ損ねたーって言ってた」

「あー……」

最近は夏織とおかずを交換することが多いし、金曜もそうする予定だったのだ。恨むなら小牧を恨んでほしいけれど、何かしら埋め合わせはするべきなのかもしれない。

「馬鹿は風邪を引かないから絶対仮病だ！　月曜来たらくすぐりの刑に処す！　だって」

あまり似ていない声真似を披露してから、茉凛は笑った。

誰が馬鹿だ、夏織め。

私が中間テストで学年の順位一桁だったことを知らんのか。

結局それで小牧に負けて、今こうしてひどい目に遭っているのだから、全く威張れはしないんだけど。

「……茉凛は？」

「うん？」

「茉凛は、怒ってる？」

「んー。私は、別に？　あんまり嘘はついてほしくないけどねー」

やっぱり、具合が悪かったというのが嘘だってことくらい、茉凛はわかっているのだろう。

小牧と一緒に帰ったってことも、きっと。

私もできれば、茉凛には嘘なんてつきたくないけれど。

「……ごめん」

「謝らなくてもいいよ。帰る帰らないは、わかばの自由だし。……でも」

茉凛は私の前髪を指でいじりながら、言った。

「今日はわかばの時間、私にくれると嬉しいなー」

心配をかけてしまったのかもしれない。

いきなり変な電話をかけて、具合も悪くないのに早退して。もし私が茉凛の立場だったら、絶対心配している。何かあったのかな、とか、大丈夫かな、とか。

大半は小牧のせいとはいえ、悪いことをしたと思う。

金曜に心配をかけた分、今日は私の時間を差し出して、彼女と一緒に過ごすべきだろう。

小牧に傘を返すのは別に、夜でも構わないのだ。

今日返しにいくと約束はしたけれど、時間までは別に指定されなかったし。律儀に朝行く必要もないだろう。

「いいよ。どこか遊びに行くの？」

「うん。行き先はふわっと決めてるから、任せて」

「わかった。……夏織は？　二人で遊びに行ったら、仲間外れにされたーって拗ねない？」

「大丈夫だと思うよ？　来る前に誘ったけど、今日は胃袋の限界に挑戦するから無理って言ってたし」

「夏織はフードファイターか何かなの……？」

いつも動き回っているせいなのか、彼女はその辺の運動部よりたくさん食べる。

それに付き合って一日中甘いものを食べて過ごした時があったけれど、あの時は本当に死ぬかと思った。

できれば今後は食べるのは彼女に任せて、私は見るのに徹したいところである。

「……まあ、じゃあ、いっか。他は誰か呼ぶの？」

「ううん。二人で遊ぶつもり」

「そっか。じゃ、行く？」

私は少し彼女から離れて、手を差し出した。

本当は小牧の家に行くつもりだったから、メイクも服装も全然気合が入っていない。今から直してもいいけれど、茉凛を待たせるのも悪い。

気合の入り方が違いすぎて、ちょっと釣り合っていないような気がするけれど。肩を並べて歩いたら違和感がありそうだ。

でも、茉凛はそんなことは気にしていないのか、そのまま手を握ってくる。

いつもみたいに手を握り返すと、彼女はふわふわ笑った。

「その服、似合ってるねー」

「普段着だよ？」

「可愛いと思うよー。ラフな格好でもちょっと背伸びした格好でも、わかばはわかばだから」

少しだけ、背中がむずむずするような感じだ。

私をここまで正面から褒めてくるのなんて、茉凛くらいだし。

小さいだのちんちくりんだの言われたことは多々あるけれど。

私が褒められてこなかった原因は、多分小牧にあると思う。小さい頃から私は、大半の時間を彼女の隣で過ごしたから。

「……茉凜も、可愛いよ」

「そう？　ふふ、ありがと。……よし！　じゃあ今日は、朝から夜まで遊ぼっかー」

冗談か本気かわからない声色で、彼女は言う。

そのまま軽やかに歩き出した彼女と、自然と歩調を合わせる。

誰かと肩を並べて歩くことに対して、いちいち何かを思うことなんてないはずだけれど。

でも、それだけのことが、なぜか。少しだけ、嬉しかった。


今日が夏にしては涼しい日でよかったと思う。

私は優等生のようにブラウスのボタンを一番上まで留めていた。鎖骨の辺りの際どいところに小牧のキスマークがついてしまっているから、窮屈で暑くてもこうするしかない。

この二日でだいぶ薄くはなってきたが、茉凜に見られたら誰につけられたかまでバレてしまいそうだし。

しかし、夏だから暑いものは暑い。

いつもならボタンの一つや二つくらい開けているところだ。これで今日の気温が高かったら地獄だっただろう。

私は茉凜に連れられるままに、ショッピングモールに来ていた。家から何駅か離れた場所にあるこのモールには、まだ来たことがない。

前に小牧と来たところよりも広くて、各エリア全部が室内で冷房が効いているから過ごしやすいと思う。

しかも、今日はそこまで人が多くなくて助かる。

人が多い場所もそれはそれで好きだが、今日は静かに時を過ごしたい気分なのだ。それは、多分金曜に色々あったせいなんだろうけど。

「で、茉凛。どこか行きたい店とかあるの？」

「んー。まあ、ぼちぼち？」

「なんじゃそりゃ」

てっきり行きたい店があるから、わざわざ離れた場所にあるこのモールを選んだのだと思っていた。でも、違うらしい。

茉凛は相変わらず、綿毛みたいな笑みを浮かべている。

見ていると私までどこかに飛んでいってしまいそうだ。

「まあまあ。二人で遊ぶのも久しぶりだし、ぶらぶらしようよ」

確かに、そうかもしれない。

最近は本当に色々ありすぎて、茉凛と二人で遊ぶ機会が減っていた。

中学生の頃は、割と頻繁に二人で遊んでいたっけ。私が部活を辞めてからは、特に。

中学にはあまりいい思い出がないけれど、茉凛と出会えたことだけはよかったと思う。

「それに、まだ半日以上時間あるしねー」

「え」

「今日はここのお店、コンプリートしちゃおうよ。楽しみだねー」

「いやいや、だねーじゃなくて」

本気で夜まで遊ぶつもりなのか。

嘘だろ、と思って茉凛を見るけれど、笑みを返されるだけで本音が見えない。ある意味小牧よりも読めないかもしれない。

私は思わず苦笑した。

嫌ではない。決して嫌ではないけれど、茉凛のこの思い切りの良さとか、飄々とした感じには、時々驚かされる。

私は大人しく彼女に腕を引かれて、モール内を歩いた。

腕を引かれても、不安がない。それがありがたいことなのだと、私は今更ながらに痛感した。仲がいい友達。普通の日常。それをこんなにも愛おしく感じるなんて。

良いのやら、悪いのやら。

——そんなことを考えながら、歩くこと数分。

「可愛い！　わかば、最高だよ！」

私は着せ替え人形にされていた。

おいおい、と思う。

茉凛は試着室で新しい服に着替えた私にスマホを向けて、ぱしゃぱしゃ写真を撮っていた。

迷惑行為はおやめください、お客様。

というか、どうしてこうなったのか。

「次はこれ着てみて？　意外とわかばって明るい色だけじゃなくて、こういう暗めの感じも似合うと思うんだよねー。それに……」

服屋に連れてこられたと思えば、これである。

茉凛はいつになく楽しそうにしていた。この前は私の体の所有権を主張するのがブームなのかな、なんて思ったけれど、今度は私で遊ぶのが流行(はや)っているのかもしれない。

別に、小牧と違って私の着替えを見てこようとはしてこないから、いいっちゃいいんだけど。

でも、肩とか鎖骨の辺りが露出する服は困る。

「私のこういうかっこ、需要ないでしょ」

私はくるりと回ってみせた。ワンピースは嫌いじゃないけれど、私が着ると小学生みたいな感じになる気がする。

「あるよ。私、わかばの可愛い格好もっと見たいなー」

「こんな子供体型、見て楽しいの？」

「楽しいよ。だって、わかばだもん」

「どういうことよ、それ」

茉凛はにこにこ笑っている。その言葉に嘘偽りはないみたいだけれど、それはそれで困る。

「わかばは、可愛いから。こういう可愛い格好も似合うと思うし、見てて楽しい。……駄目かな？」

そう言われると、弱い。

茉凛が楽しいのならいいんだけど。

「私のこと可愛いなんて言うの、茉凛くらいだよ」

「ほんとに？」

「うん。私はほら、こんな感じだから。可愛いなんて言われたことないよ」

「ふーん……」

「……じゃ、着るから。ちょっと待ってて」

カーテンを閉めて、茉凛から受け取った服を着ていく。

私はあまり可愛い服を持ってはいない。おしゃれに興味がないわけではないんだけど、どちらかというと動きやすい格好の方が好きなのだ。

でもたまには、こういうのもいいのかもしれない。

「梅ちゃんは？」

「え？」

不意に、茉凛が言う。

「梅ちゃんはわかばのこと、可愛いって言わないの？」

いきなりだ、と思う。

私は服を着ながら、少し考えてみる。最近の小牧は私に憎まれ口ばかり叩（たた）いてくるし、過去の小牧のことはあまりよく思い出せない。

昔はどうだったっけ。

可愛い、可愛い。言われたことあるような、ないような。

いや。そもそもなんで、せっかく茉凛と遊びに来ているのに小牧のことなんて考えなければならないのか。

勘弁してほしい。

「言わないよ。梅園は、私のこと好きじゃないだろうし」

「うーん……そっか。じゃあ、わかばから言ってみたら？」

「いやいや、梅園は可愛いってタイプじゃないでしょ」

「そう？　結構可愛いと思うけど……」

小牧はどちらかと言うと綺麗と言われるようなタイプの人間で、可愛いとは思えない。

そんな小牧を可愛いと称するなんて、茉凛はやっぱり大物だと思う。

まあ、昔は小牧ももうちょっと、可愛かったような気がしないでもないけれど。

「……ないない。私はパス。梅園に可愛いって言うくらいなら、夏織に言うよ」

「そっかー」

「もちろん、茉凛にも言うけどね。今日も可愛いよ」

「そういうのは、ちゃんと目を見て言ってほしいかなー」

シャッと音を立てて、カーテンが開かれる。

なんで私が着替え終わったのをわかったんだろう、と思う。

あるいは、着替え中でも関係なく開けるつもりだった？

いやいや、小牧じゃあるまいし。

「ほら、わかば。言って？」

「え、えーっと」

「……じゃあ、私から。可愛いよ、わかば」

「……うん。茉凛も、可愛い」

「あはは、ありがとねー」

なんか、ちょっと恥ずかしいな。

人を褒めるのは悪いことじゃないんだけど、見つめ合いながらするのは照れ臭い。でも茉凛はじっと私の目を見つめ続けているから、私も彼女の目を見つめ続けた。

先に逸らした方が負け、とかそういうのではないけれど。とにかく、嫌じゃない。

その瞳の奥に確かに存在している好意は、見ているだけで幸せな心地になれるものだから。

「……うん、満足！　わかばの目は、綺麗だねー」

茉凛はそう言って、私の頭をぽんと撫でてきた。

「他の服、持ってくるね。今度はちょっと露出の多いやつに挑戦してみよっか」

「待て待て、さすがにそういうのは着ないから」

「えー。可愛いと思うんだけどなー」

「可愛いって言えばなんでも許されるわけじゃないからね？」

「私だったらなんでも許しちゃうけどなー」

「可愛いからキスしてーとか言われてもしないでしょ。それと一緒だよ」

「うん？　別に、してもいいよ？　減るものじゃないし」

いやいや、減るでしょ。

もしかして私がおかしいのだろうか。小牧といい茉凛といい、キスに対するこの思い切りの良さはなんなんだ。

私がファーストキスを大事にしてきたのが馬鹿らしくなるではないか。

「茉凛、彼氏とかいるの？」

「いないよ。なんで？」

「いや、日常的にキスとかしてるからそんな感じなのかなーって」

「したことないよ、キスなんて。でも、楽しそうだし。試しにしてみるのもいいかなー、みたいな感じ？」

「えぇ……」

もしかして私は、キスに夢を見過ぎていたんだろうか。今度夏織にも、キスに関する意識調査をしてみるべきかもしれない。

夏織はあんな感じだから、参考にならないかもだけど。

「わかばはキス、したことある？」

じっと、茉凛に見つめられる。

全てを見透かしてくるようなその瞳から、私は少し目を逸らした。

なんと答えるのが正解か。この二ヶ月で数えきれないほどキスはしてきたけれど、素直にそれを言う必要なんてない。でも、嘘をついても茉凛にはバレる気がする。

嘘はつきたくないと、さっき思ったばかりだけど。どうしたものか、と思う。

その時、畳んだ服の上に置いてあるスマホが震え出した。

凄まじく嫌な予感がする。正直見たくないけれど、そういうわけにもいかない。この状況で、スマホを見ないのは不自然だ。

「わかば、電話みたいだよ？」

「……うん」

金曜と似たような状況。

であれば、この電話をかけてきているのは。

ちらとスマホを見ると、やっぱり表示されているのは小牧の名前だった。ずっと前に登録した小牧という名前が、変わらないまま表示されている。

なんで私は、登録名を梅園に変えなかったんだろう、と思う。

変える機会なんて、いくらでもあったはずなのに。

「出ないの？」

「多分、間違い電話だから」

コール音が鳴り止まない。

小牧がしつこいのは今に始まったことじゃないけれど、そろそろ諦めてくれないだろうか。

せっかく茉凛と遊びに来ているのだ。今日くらい、小牧のことを忘れたってバチは当たらないと思う。

だけど、延々と鳴り響くコール音が、私に小牧のことを忘れるなと言ってきているようだった。

「随分長い間、鳴ってるね？」

出るまで切る気がなさそうである。そもそも、ここで小牧からの電話に出なかったら、明日以降ひどい目に遭わされそうだ。

本当は、出たくない。今日という日を楽しいまま終わらせるためには、ここで小牧のことを無視して、スマホの電源を切ってしまうべきなのだ。

だけど、そうもいかないのが辛いところである。

私の尊厳は、小牧に捧げられているのだ。勝負に勝たない限り、私は一生彼女の言うことを聞き続けなければならない。

私は小さく息を吐いて、通話ボタンをタップした。

『わかば、出るの遅い』

開口一番にそれか。

私はげんなりした。

「休みの日にいきなり電話かけられて、すぐ出れるわけないじゃん」

『出れる。だって、わかばどうせ今日も暇でしょ』

「暇じゃないし。今日はデートだから」

『は？』

いつになく不機嫌そうな声が、スマホの向こうから聞こえてくる。

『私、傘返しに来いって言ったよね』

「言われたけど、時間までは指定されてない」

『普通は朝返しに来るでしょ。傘、今日必要なんだけど』

この快晴で傘が必要になるシチュエーションとは一体。

プライベートジェットで雨の降っている地域にでも行くのだろうか。小牧だから、ありえないとは言い切れない。

しかし。

「傘が必要なら、家にあるの使えばいいじゃん。色々持ってるでしょ」

『わかば、生意気。私が今すぐ返せって言ったら返すのは当たり前でしょ。わかばは、拒否しちゃ駄目なんだから』

せっかくの休日が台無しである。明らかに今すぐ傘なんて必要な状態じゃないのに、返せと言ってくるのは。

やっぱり、私に嫌がらせをしたいからなのかもしれない。

ちらと茉凛の方を見る。彼女はじっと私を見ていた。

「梅ちゃんから？」

私は小さく頷く。

『……待って。デートって、茉凛と？』

「……そうだけど」

電話から伝わってくる空気感が、少し変わった気がした。

私は眉を顰めて、小牧の言葉を待った。

『……行く』

「え」

『私も、行くから。今どこ？　教えて』

「今から来たら五時間はかかるよ」

『嘘つかないで。茉凛がわかばをそんな遠くに連れて行くわけない。茉凛に代わって』

小牧は一体茉凛の何を知っているというのか。私は思わずため息をつきそうになりながら、仕方なく茉凛にスマホを渡した。

「あ、梅ちゃん？　うん、うん。いいよー。場所はねー……」

結局こうなるのか。小牧が来るのは嫌だと言ってくれないかと、少し期待したけれど。

そんなことを言う茉凛は、茉凛じゃないってわかってもいる。

しかし。もしかして、小牧は私のファーストキスとか皆勤賞とか、そういうのだけじゃなくて。私の大事な友達である茉凛まで、奪おうとしてきているのだろうか。

それは、やめてほしいと思う。ファーストキスと同じくらい、いや、それ以上に私は茉凛との関係を大事に思っている。それを小牧に壊されたら、いよいよ私の安寧が失われることになるし。

「梅ちゃん、すぐ来るって。どこか店入って待ってよっか」

「……そうだね」

こうなってくると、夏織もいればよかったのに、と思う。彼女がいれば、もう少しこの重い気分もマシになっただろうに。

間が悪いというか、なんというか。あの食欲お化けめ、なんて、八つ当たり気味に思う。そんなこと思ったって、どうしようもないんだけど。


私はメロンソーダの安っぽい感じが好きだ。でも、別に高級感のあるメロン味が嫌いというわけでもない。結局私は、メロン全般が好きなのだ。メロンパンをおかずにメロンパンが食べられるくらいには。

「わかばはほんとに、メロン系しか飲まないねー」

カフェに入り、例の如くメロン味のドリンクを頼んだ私を見て、茉凛が言う。

茉凛は珍しく、ミルクティじゃなくて抹茶ラテを飲んでいた。

「私だって、たまにはメロン味以外も嗜むよ」

「たとえば？」

「んー……」

少し考えて、前に小牧とカラオケに行ったことを思い出す。あの混沌ドリンクは記憶から消し去りたい味だったが、強烈だったせいで脳に焼き付いてしまっているらしい。

「スポドリとか？」

「それ、なんか違う気がするなー。……一口飲む？」

「いいの？」

「うん。その代わり、そっちのも飲ませてー」

「ん」

コップを交換して、抹茶ラテを一口飲んでみる。優しい味がする。抹茶は単体だと苦くて少し厳しい感じがするけれど、こうして色々なものと混ざると素直に美味しくなるものらしい。

小牧もこういうものを好きになればいいのに、と思う。

やっぱり、混ざったものは混ざったものとして美味しいのが一番だ。それぞれ単体の良さが薄れたとしても、最終的に誰かにとって美味しいと感じられるものであるなら、それでいいじゃないかと思う。

でも、まあ。

これは彼女に言わせれば、凡人の考えに過ぎないのかもしれないけれど。

「これでわかばもメロン星人じゃなくなったねー」

「代わりに今日から茉凛がメロン星人ね」

「えー。ちょっと飲んだだけで星人認定なのー？」

「二代目メロン星人として今日から生活したまえ」

「んー……じゃあ」

茉凛は少し考え込むような表情を見せてから、コップを私の方に差し出してくる。私はそこに刺さったストローに口をつけた。

さっき飲んだ時と変わらない、メロンの味だ。その辺で飲むメロンソーダとは違って、ちゃんと果実味を感じる。

「これでわかばもまた、メロン星人だね」

「一瞬で逆戻りじゃん」

「これからは二人でメロン星人として頑張っていこうねー」

「頑張るって、何するの？　メロンの布教活動？」

「さあ？」

適当な。

思わず笑うと、茉凛もくすりと笑った。こうしてくだらない会話ができる相手というのは、実はかなり貴重な気がする。

私は茉凛ともう一度飲み物を交換して、そのまま いくらか世間話をした。最近あったちょっとした出来事の話だとか、コンビニの新製品の話だとか。

何を話す時も楽しそうにしている茉凛が、私は好きだ。なんというか、飾らない感じの綺麗さがあるというか、心が安らぐというか。一緒にいて安心感がある相手というのは、茉凛くらいかもしれない。

そうして話していると、気づけば三十分近く時間が経っていた。そろそろ小牧が来るかもしれない。そう思うと少し、気分が重くなった。

せっかく久しぶりに、茉凛と二人で遊ぶ日だったというのに。

不意に、茉凛は私の目を見つめてきた。瞳の色も、そこに宿る感情も、いつもと変わらない。

「ねえ、わかば」

「私はわかばのこと、好きだよ」

唐突な発言に、目を丸くする。

ふざけて言う時と違う、真面目なトーンの「好き」が鼓膜を震わせる。

面と向かって相手に好きと言う時、大抵の人は少なからず照れるものだ。でも、茉凛は一切そんな様子を見せていない。

強いな、と思う。同時に、彼女がどうにも眩しく見えた。

「いきなりどうしたの？」

「うん？　だって、金曜に電話で聞いてきたでしょ？　不安にさせちゃったのかなーって思って」

確かに私は最近、感情というものに色々迷ってはいる。

人の感情も、自分の感情も、信じるには足りなくて。いつ消えてもおかしくないから、どうすればいいのかと思うこともある。

人に対する好きという感情すら、薄れて消えてしまうなら。

何を当てにして生きていけばいいのか、私にはわからないのだ。どんな感情も薄れてしまうのなら、私はこれからどんな顔で生きていけばいいのだろう。

こんなことを悩んでしまうのは、全部小牧のせいだと思う。

小牧が変なことをしなければ、私はもっと単純に生きられていた。

……いや。私がもし、もっと情に厚い人間なら。先輩が小牧に縋り付いているのを見ても、失望なんてしなかっただろう。

結局これは、私自身の問題なのだ。小牧も原因の一端を担っているとはいえ。

「というわけで、私はわかばのこと、ちゃんと好きだよ」

「……うん。私も、茉凛のこと、好き」

変わらず言い合える「好き」に、安心する。好きが嫌いになって、好きが失望に変わって。そんなのはもうたくさんである。

「そっかそっか。よかった。……梅ちゃんは、どう？」

「え」

茉凛は私の後ろに声をかけた。

振り返ると、いつの間にかそこには小牧の姿があった。

全く気配を感じなかった。いつもは嫌ってくらいの存在感があるというのに。小牧には忍者の才能があるのかもしれない。

いや、なんだ忍者の才能って。

「好きだよ、茉凛のことも、わかばのことも」

思ってもないことを。

茉凛のことだって私のことだって、小牧は別に好きじゃないと思う。友愛にせよ、恋愛にせよ、小牧が他者を好きになることなんてあるはずがない。

小牧の好きという言葉には、茉凛のと違ってあまりにも色がなかった。別に、感情たっぷりに好きと言ってほしいわけではないけれど。

むしろそっちの方が気持ち悪いと思う。

ただ、少しだけ。小牧がもし誰かに本気で好きと言う日が来たら。その時はどんな相手に、どんな風に好きって言うんだろう、なんて。少しだけ、そんなことが気になった。別に、どうでもいいはずなんだけど。

「そっかー。私も梅ちゃんのこと好きだよー」

「ありがと。わかばは？」

「はい？」

「わかばは私のこと、好き？」

いつもより少し高い声で、小牧は聞いてくる。

茉凛に見られている状況で、あんまり雰囲気をピリピリさせるのもどうかと思う。それに、好きも嫌いも言うだけならタダである。

さっきの小牧みたいに、嘘でも好きと言えばいいだけなのだから。

私は小さく口を開けて、好きと言おうとした。

でも、口がぱくぱく動くばかりで、一向に好きと言える気配がない。やっぱり小牧のことがあまりにも嫌いだから、好きなんて嘘でも言えないのかもしれない。

「まあ、それなりに」

「……そっか」

私の言葉に何を思ったのか、彼女は薄ら（うっす）と笑みを浮かべて、そのまま隣に座ってくる。

しかも、無駄に近い。

ソファは十分大きいんだから、あんまり詰めてこないでほしいと思う。普通、膝と膝がくっつくくらいまで近づいてくることなんてないだろう。

いくらなんでも暑いからやめていただきたい。

とはいえ、離れてと言っても離れないのは明白だから、余計なことは言わない。

「梅ちゃん、何か頼む？」

「ううん、いい。わかば、それちょっとちょうだい」

「全部飲んでいいよ」

「それだとわかばの分がなくなっちゃうでしょ？　ちょっとでいい」

妙に殊勝なことを言ってくるな。

何を企(たくら)んでいるのかはわからないけれど、いいだろう。そっちがその気なら、私だって受けて立ってやるとも。

私は気合を入れて、彼女の出方を待った。

「あ、じゃあ私のも飲んでいいよー」

「ありがとう、茉凛」

爽やかな笑みが、凄(すさ)まじく胡散臭(うさんくさ)い。

ていうか、そもそも。

「……梅園。なんか、見たことない服着てない？」

「この前新しく買ったんだ。せっかくお出かけするんだし、着ようと思って」

「ふーん……」

私はストローに口をつけている小牧を眺めた。

服もそうだが、メイクもいつもと違う気がする。学校がある日はナチュラルめなメイクをするけれど、お出かけの時は少し気合を入れるのが小牧だ。でも、今日はそのどちらでもない。

いつものお出かけの時よりもっと気合が入っていて、まるで誰かとデートする時みたいだ、と思う。ここまで来るのにそこまで時間がかからなかったことから考えるに、電話する前からメイクはしていたはずだ。

何か、いいことでもあったのか。

私は小さく首を傾(かし)げた。

「ありがと、わかば。美味しかった。残りはわかばが飲んで」

「ん」

あんまり、小牧が口をつけたものを飲みたいとは思えないけれど。

とはいえ、今更っちゃ今更だ。あれだけキスしておいて、嫌ですと言うのも変だし。何より、茉凛とは飲み物を交換したのに、小牧とだけしないのはおかしい。それで茉凛に変に思われても困るし。

仕方なく、ストローに口をつける。

一気に飲み物を全部飲んでみるけれど、味なんてわかるわけがなかった。

だというのに、金曜に小牧とメロン味のキスをしたことは鮮明に思い出してしまって、少し嫌な気分になった。

茉凛と仲良く喋っている小牧を見ていると、あの日のこととか、これまでのこととかが全部夢の出来事のように思えてくる。

二日前と今日の繋がりを、どうにも感じられない。

だけど唇に残る感触とか、味とか、そういうものが私に、全ては現実なのだと告げてくる。

いっそ夢であったら。

そう思いながら、私は自分の唇に触れた。

その感触は、いつもと多分、何も変わっていない。それがわかるのは、小牧だけだろうけど。

「せっかく三人になったんだし、映画が見たいなー」

茉凛のその言葉で、私たちは映画館に向かうことになった。

茉凛と二人きりならともかく、小牧も含めて練り歩くのも疲れそうだったから、少し助かる。映画館なら猫被りモードの小牧と話さなくて済むし。

本性を知っている相手が猫を被っている姿ほど気味の悪いものはない。いつもはちょっと低い声が高くなるだけで肌が粟立つのは、人体の神秘だと思う。

「映画の感想は皆で言い合った方が楽しいからねー」

「確かにね。何見る？　今、結構色々やってるみたいだけど」

「んー……。あれかな」

茉凛は館内に飾られているポスターを指差した。

無駄に私の手を握っている小牧が、微かに反応する。

「……ゴリゴリのホラーじゃん」

「うん。ホラーは映画館で見た方が楽しいんだよー。臨場感があってねー」

「へー」

私は別に、ホラーが苦手ということはない。小さい頃から、怖い映画や怖い話を見ても夜眠れなくなるってこともなかったし。

でもなぁ。

大きな音が苦手な小牧ちゃんは、果たしてどうなのやら。そう思って彼女を見ると、表情がなくなっていた。思わず笑いそうになる。

　おいおい、今の今まで完璧に被れていた猫ちゃんはどこに行ってしまったのか。完全に仮面が剝がれた小牧は、明らかにホラーなんて見たくありませんって顔をしている。

　仕方ないなぁ。

　ホラーを見て機嫌を損ねられても困るし、ここは一つ私が――

「いいね、見よう」

「え」

　小牧はにこりと笑って言う。

　私じゃないと気付けないくらい微かに、彼女の表情は引き攣っている。いつも他者に見せている爽やかさも一割くらい薄れているように見えた。

　どうしてこんなところで見栄を張るのか。

　この前辛いパスタを食べようとしたことといい、小牧は見栄を張ったってしょうがないところでばかり見栄を張る。それで苦しむのは自分だってわかっているはずなのに。

「どうしたの、わかば」

　ぎゅっと、強く手を握られる。

　痛い。凄まじく。

　余計なことを言うなってことなんだろうけど、でも。

　自ら辛い思いなんてしなくていい、と思う。何もしなくたって辛くて苦しい思いを今までしてきたくせに、自分からそこに飛び込むのは馬鹿だ。こういう時は変なプライドなんて、必要ないはずである。

「私は恋愛ものの方がいいかなぁ。ホラーってちょっと苦手だし」

「あれ、そうなの？　前に来た時は、普通に見てなかったっけ」

「……二人で映画とか、よく見るの？」

小牧はぽつりと言う。

「うん、割とねー。私、映画見るのが好きなんだけど、他の友達は結構アクティブな子が多くてねー。前なんて一時間も座ってられない！　とか言われちゃって」

「前に夏織と三人で来た時とか、ひどかったよね。ポップコーン食べるだけ食べて寝てたし」

「あはは、確かにー。一番大きいやつ、ほとんど一人で全部食べてたもんねー」

「あれ、私たちもお金払ったのにね。絶対元取れてないよ」

茉凜と話していると、右手が取れそうになった。

見れば小牧は、もう片方の手も握っている。

余計なことを言ったせいで、機嫌を損ねたか。

「うーん、わかばはホラー駄目なのかー」

「ごめんね」

「そこまで言うなら……」

「多数決にしよう」

小牧は少しだけ手の力を緩めて言う。

思わず彼女を見上げると、にこりと微笑まれた。

正直、怖いです。

「ホラー映画が見たい人」

「んー……はーい」

小牧と茉凛が手を挙げる。

こうなってしまったらもう、仕方ないかと思う。内心がどうであれ、多数決に持ち込まれてしまったら万事休すである。

私は小牧に視線を送った。

これで怖くなって夜道を歩けなくなっても知らないぞ、と。

意図が伝わっているのかいないのか、小牧はにこやかに笑って私を見下ろしてきた。別に、小牧がいいならいいんだけど。

もしかしたら見てみたら意外と平気で、肩透かしを食った、みたいな感じになるかもしれないし。

でも。

多分そうはならないんだろうな、と思う。根拠はないけれど、今までの小牧からして、結果は目に見えている。

「よし、決まり。じゃ、チケット買ってこよう」

「そうだねー。ごめんね、わかば。今日はホラーの気分なんだー」

「夏織がいれば、私の味方になってくれたのに……」

小牧よりは下手な演技をして、ホラーなんて見たくありませんとアピールする。だけどそれは結局無意味で、仕方なく私はチケットを買った。

さて、どうなるか。

結果は火を見るより明らかだった。

大画面、大音量で流れるホラー映画を見て、私の左に座る茉凛は目をキラキラ輝かせている。一方で、右側に座る小牧は完全に死んでいた。なんならさっき映画の中で殺された人物より死んでいると思う。

表情はさっきまでの爽やかさが嘘(うそ)みたいにかちかちになっていて、体も微妙に震えている気がする。

ほんと、やめておけばよかったのに。どうせこの後、夜お風呂に入ってシャンプーをしているときに後ろが気になって仕方なくなるに決まっているのだ。

ついでに暗い廊下に何かがいるような気がしてビクビクするに違いない。無駄なところでばかり意地を張って。もっと意地を張るべきタイミングが他にあるだろうに、と思う。

ていうかもはや映画を見ていない。目線がどう見てもスクリーンに向いていないし。

ここまでなるか。正直言って、予想以上の怖がり方である。

完璧が聞いて呆れるな、と思いながら、私は彼女の方に手を差し出した。すぐにそれに気付いたらしい彼女は、骨が折れそうな勢いで私の手を握ってくる。ゴリラの赤ちゃんを育てる親の気分って、こんな感じなのかもしれない。

「……ほんと、馬鹿」

私は小さく息を吐いて、映画が終わるまでずっと彼女に手を貸してやった。

エンドロールが終わって館内が明るくなると、映画の世界から現実に戻ってきたって感じがする。この瞬間が、私は結構好きだ。

現実と非現実の境目が徐々にはっきりとしていって、夢現から現実へと移ろう、刹那の瞬間。遠くに行っていた私が、胸の中に戻ってきたような、そんな気がするのだ。それに少し、安心する。

「面白かったねー」

他の観客が外に出ていくのに合わせて、茉凛が言う。

右手が痛すぎて映画を楽しむどころではなかったけれど、確かに迫力があってよかった、とは思う。

最後はあまり希望のある終わり方じゃなかったけれど、これもホラーらしいテイストというやつなのだろう。

まさかヒロインらしき女の人が死ぬとは思わなかったけれど。

「結構怖かったね」

「確かにねー。梅ちゃんはどう？　楽しめた？」

「……うん」

声が小さい。

いつもの完璧超人様はどこへやらである。これはもう、いよいよ大丈夫かって感じだけど。

「色々語りたいこともあるし、どこかお店行こっか！」

茉凛はキラキラした笑顔で言う。

割と後味が悪い映画だったけれど、そこは関係ないらしい。なんというか、茉凛らしいかも。

私は茉凛に差し出された手を握って、立ち上がろうとした。

しかし、右手が引っ張られているせいで立ち上がれない。

「梅園、ほら。行くよ」

「……ん」

幼児みたいになっておりますが。

私は仕方なく、小牧の手を引っ張った。彼女はしばらく抵抗を続けていたけれど、やがてのろのろと立ち上がって歩き始めた。

三人で並んで手を繋いで歩くって、どうなんだろう。

なんだか間が抜けている気がするけれど。茉凛はにこにこ笑っているのに、小牧は沈んだ表情を浮かべていて。私がどうかはわからないけれど、三者三様である。

なんだかなぁ、と思いながら、私は館内を後にした。

歩いている間、ずっと右手は痛いままだった。


「今日は楽しかったねー」

帰りの電車内でも、茉凛は楽しげに笑っていた。

あの後、私たちは他のカフェに入って映画の感想を言い合ってから、モール内を少し歩いた。

小牧は心ここにあらずといった様子だったけれど、茉凛はずっと楽しそうにしていた。

私も茉凛と一緒だったから楽しかったは楽しかった。でも、それ以上に小牧のことが気になって、あんまり遊ぶことに集中できなかった。

　なんとももったいない時間を過ごしてしまった、と思う。

「そうだね。久しぶりに茉凛と遊んだ気がするわ」

「確かに。最近わかば、付き合い良くないもんねー」

「それはごめん。私も色々と……まあ、大人になったってことで」

「……ふふ、そっかー」

「……今度遊ぶことがあったら、私も誘って」

　笑い合っていると、小牧が私の肩越しに茉凛に話しかける。

　肩に手を置くのはいいけれど、体重を預けるのはやめてほしいと思う。潰れて身長が縮んだらどうしてくれるのだろう。

「いいよー。梅ちゃんが最初から来るなら、次はボウリングとかにしよっかー」

「いいね、楽しそう。私、結構強いよ」

　でしょうね。

　この前テニスをやった時も、以前より強くなっていたし。ただでさえなんでもできるというのに、成長も著しいときたらもう勝ち目なんてないのではないか。

　でも、まあ。

　そのうち、頭が冴えている時の私が小牧に勝てる勝負を思いついてくれるだろう。それを信じて、今日は大人しくしているしかない。

茉凛と小牧はしばらく話をしていたけれど、やがて茉凛の最寄り駅まで着くと、自然と会話が止まる。

「じゃあね、わかば、梅ちゃん。また明日」

「うん、また明日」

「じゃあ、また」

私たちは手を振って、彼女と別れた。

会話が止まる。雑談しようとしたってうまくいかないなんてのは、この二ヶ月で痛いほどよくわかっている。だから私は、何も喋(しゃべ)らずに最寄駅に着くのを待った。

その間も、小牧は私の手をずっと握っていた。

電車を降りて、日が暮れ始めた街を歩く。同じ街並みで、同じ足取り。何もかも同じように見えて、きっと少しずつ変わっていっている。

ずっと同じように続くものなんて、ないんだと思う。

それでも私は、そういうものを求めずにはいられない。

「わかば。なんで勝手に茉凛と遊びに行ってるの」

「なんでって、友達と遊ぶくらい自由じゃん」

「自由じゃない。今日は、私に傘返すって予定があったでしょ」

「それ、別に一日がかりでやることじゃないでしょ。家行って、返して、終わり。夜でもいいじゃん」

「よくないから。……わかば、そういうのはいつも朝に来るでしょ。朝来なかったから、私の予定が狂った」

「知らんし」

私はぶっきらぼうに言って、バッグに入れておいた花柄の傘を彼女に押し付けた。

「はい、返した。これでいいでしょ。……私は返したんだから、梅園も返してよ」

「私が返すものなんてない」

「あるでしょ。……私の、下着」

結局あの日、下着は乾かなかったのだ。制服は乾いていたから着て帰ったけれど、正直色々気が気じゃなかった。

小牧の家と私の家が近かったからよかったけれど、それでも、人に見られたら最悪なことになっていただろうし。

濡れていてもいいから返してほしかったけれど、彼女の乾かすことへの執着は半端ではなく、返してはもらえなかったのだ。

そんなにものが乾かしたいなら、干物でも作ればいいのに、と思う。そっちの方がよっぽど健全だ。

「……返さない」

「はい？」

「……わかばのものは、私のものだから」

私のものを勝手に自分のものにしようとするのはやめてほしい。

と、思うけれど。

「私の下着なんて持ってても、しょうがないでしょ。梅園じゃつけられないし」

「当たり前。私、わかばみたいに小さくないから」

彼女は私の頭と体を交互に見下ろす。

小さくて悪かったな、と思う。多分私は小牧とあまりにも長い時間を共に過ごしたせいで、運気とか身長とかの類を全て吸われてしまったのだ。

でなければ、同じような環境で育った小牧がここまで大きくなるわけがない。

許さん。

というのは、ともかく。

「だったら、なんで」

「別に」

これは、有無を言わさず会話を終わらせようとするパターンだ。

彼女の「別に」には多種多様すぎる意味が込められている。今回は多分「これ以上会話を続けるつもりはない」の意だろう。

下着について言及しても、無意味だというのは痛いほど伝わってくる。

別に、いいけれど。

あの下着だってそんなに高いものではないし、別段気に入っていたわけでもない。小牧の家の雑巾にでもされるのかもしれないが、それならそれで構わないと思う。どうしてここまで頑なに返そうとしないのかは、少し気になるが。

でも、小牧について色々気になるのは、今に始まったことじゃない。

だから、疑問を心の奥に押しやるくらいは、簡単だ。

小牧はそのまま何も話さなくなって、繋いだままの手を引っ張って歩くだけになってしまった。

別に、肩を並べて歩きたいわけじゃない。ただ私は、なんとなく。小牧が前を歩いているのが、嫌だったから。

だから少し早足になって、彼女の前まで歩いた。

「梅園、今何考えてる？」

「いきなり何？」

「俯いてるから。そんなにあの映画、怖かったの？」

前を歩きながら、彼女の顔を覗き込む。相変わらずの無表情だ。何を考えているのかはやっぱりよくわからないけれど、俯きながら歩くのは危ないからやめておいた方がいいと思う。

怪我されても困る。

「別に、怖くなかった」

「その割にはビクビクしてたと思うけど。……嫌なら嫌でいいのに、どうして見栄なんて張るかな」

「見栄じゃない。わかばがホラー苦手だからって、私まで同じだと思わないで」

あの言葉、本気で信じてるんだ。

私は全然、怖いものなんて苦手ではないのだが。

でも、考えてみれば小牧と一緒にホラー映画を見たことはないから、知らなくても無理はないのかもしれない。小さい頃はもっぱら、私の趣味に付き合わせていた気がするし。

小牧は私のことを、あまりよく知らない。私も小牧のことを、そんなに知らない。小さい頃からずっと一緒にいたはずなのに。幼馴染といっても所詮他人だから、仕方ないいんだろうけど。

嫌いなもの、苦手なものは色々知っている。考えていることも、ある程度はわかっている……はずだと思う。

だけど、好きなものがわからない。人のことは好きになれなくても、食べ物だとか、物語だとか、そういうジャンルでは好きなものがあってもおかしくないのに。

私はきっと、それを知りたいのだ。

どんな飲み物が好きで、どんな食べ物が好きで、どんな物語が好きなのか。

知っても仕方ないってわかっている。嫌いな相手のことを深く知ったところで、得るものなんて何もないということも。

それでも知りたいと願ってしまうのは、多分。

私がどうしようもない人間だからだ。

「ホラー好きなの？」

「別に、好きってわけじゃないけど」

「じゃあ、好きな映画のジャンルは？」

「なんでそんな聞いてくるの」

「いいじゃん、答えてよ。これくらい普通の世間話でしょ」

彼女の顔をまた覗き込むと、眉を顰められた。

今更傷ついたりなんてしないけれど、生意気な、と思う。これくらいのことでこんなに不機嫌そうな顔をしていたら、友達なんて一生できないだろうに。

まあ、小牧がこんな顔を向ける相手なんて、私だけなんだろうが。

ある意味特別だけど、全然嬉しくない。

小牧ファンの皆様方は、小牧のこういう顔を見て何を思うのだろう。やっぱり、普段と違う顔を見られたら嬉しいんだろうか。

「好きなジャンルとかない」

「じゃあ、好きな食べ物とか好きな飲み物とか、そういうのは？」

「ない。胃の中に入れれば全部同じでしょ」

嘘だろおい。

美味しく味わうという工程が一番重要だろうに、小牧は食を楽しむという心をどこかに置いてきてしまったらしい。友情より食欲を優先する夏織を見習ってほしいものだ。

昔からこんなだったっけか。

一応昔は友達として仲良くしていたんだし、もうちょっと可愛げとか親しみがあったような気がするんだけど。

ほんと、昔の小牧ってどんな感じだっただろう。

「何それ。じゃあ、梅園のごはんは明日から全部流動食とかでいいの？」

「別に」

「……はぁ」

私はため息をついた。

「好きな人もいない。好きなものもない。そのくせ嫌いなものばっかあるって、どうなのよ」

「うるさい。わかばには関係ないでしょ」

その言葉で、体がぴりぴりするのを感じた。

「……そうだよ。本来は、関係なんてない。でも、こんなに関わってるのに、何も気にしない、知ろうとしないなんて無理に決まってるじゃん」

「何それ」

「嫌いでも、好きでも。一度関わったら。関係が続いちゃったら。知りたいと思うのは、当たり前でしょ」

行き場のない感情が胸の内でぐるぐる渦巻いて、気持ち悪くなってくる。

小牧のことなんて、嫌いなのに。それでも知りたくて、知れなくて、だから私はこんなにも嫌な気持ちになっているのかもしれない。

教えてよと言って、全部教えてもらえたら。

少しでも小牧の心に近づけたら、私の心はもっと軽くなるだろうに。

そこまで考えて、小さく息を吐く。嫌いな相手をこんなにも知りたがるなんて、どうかしている。わかっているのに、知りたいと思う気持ちを止めることはできない。

私の心は一体、どこに向かおうとしているのか。

「嫌いなものばっかで、梅園は平気なの？　好きなものなんてなくても、生きていけるの？」

私は小牧を心配しているのだろうか。

それとも、あまりにもつまらない彼女の言葉に、怒りを感じているのか。

わからない。わからないから、知りたい。私の心も、小牧の心も。それを知った先に、何があるかなんてわからないけれど。

「好きなものなんて、一つあれば生きるには十分だから」

「……あるの？　梅園にも、好きなもの」

「……うん。あるよ。一つだけ、何よりも好きなものが」

「じゃあ、梅園は、それのことだけ考えて生きてるの？」

目を奪って、心を奪って、他に何も映らないようにする。それが彼女の、好きな人に対するスタンスだ。

なら、好きなものに対してもそうなんだろうか。

そのことだけ考えて、他に何も、彼女の瞳には映っていない？

だから、私のことも平気で傷つけることができるんだろうか。道端に転がった石みたいに。

「……そうだよ。私は、いつだってそのことだけ考えてる」

「梅園の、好きなものって？」

「教えない。わかばにだけは、一生、絶対に」

小牧の一番嫌いなものが私なのだとしたら、一番好きなものってなんなんだろう。

いつからそれのことが好きで、それは、どんなものなのか。

これまでずっと一緒にいたはずなのに、私は小牧の好きなものに気づかなかった。観察力には、それなりに自信があったのだが。

そんなに好きなものがあるのに、私の好きなものは平気で踏みにじってくる小牧に対する怒りと、もう一つ。よくわからない感情がふつふつと湧き上がるのを感じる。

「もう、いいでしょ。無駄な話なんて、する必要ない」

無駄。

無駄か。

確かに、そうかもしれない。互いに嫌いだってわかっているのに、知ろうとするのも。くだらない世間話に興じてみるのも、全部。

全部小牧にとっては無駄でしかないんだろう。嫌いな相手と無理に関わったって仕方ないと思うのは、当然で。

なら早く、私との縁なんて切ってしまえばいいと思う。

私は小牧と仲良くしたいわけじゃない。別に、好きになりたいわけでも好きになってほしいわけでもない。……ないのだ。

ただ知りたくて、この胸のもやもやをどうにかしたくて、そして。

小牧の未来が幸せなものでありますようにと、少しだけ願っているだけなのだ。たとえ小牧が、私の不幸を願い、傷つけようとしてきているのだとしても。

本当に、どうかしている。

「梅園……」

かけられる言葉なんてなかった。

すでに私たちは友達じゃなくなっていて、私が何を言っても小牧にはきっと届かない。そうわかっていてもなお、言葉を探してしまうけれど。

結局何一つ思い浮かばないまま、彼女の家の前まで着く。

「……じゃあね」

私がそう言っても、小牧は手を離そうとしない。

私との話なんて無駄で、小牧のことは私に関係なくて、私のことなんて嫌いなくせに。どうして手を離さないんだろう、と思う。

これも私に対する嫌がらせの一環なのかもしれない。だとしたら、本当に勘弁してほしいと思うけれど。でも、私より小牧の方が力は強いから、抵抗したって無駄だってことはわかっている。

私はじっと、彼女を見つめた。

「……ねえ」

じゃあね、と言ってほしい。

また明日、でもいい。

とにかく、別れの挨拶をして、私の手を解放してほしい。そうしてくれないと、私はまた無駄な話をしてしまいそうだった。

「今日ね、月がすごい綺麗に見えるらしいよ」

小牧は答えない。

早く私を止めてくれないだろうか。

私だって、無駄だってわかっているのに小牧に話しかけたくなんてない。ない、のに。動く口を止めることは、できそうになかった。

「だから、顔上げてみたら、楽しい気持ちになれるかもよ」

最初から私は小牧に嫌われているのだ。なら、今更無駄を恐れても仕方ない。どうせ私の行動が気に入らなかったら、また小牧が変なことをしてくるだけだろうし。

もう慣れた。キスくらい、いくらでもしてやるとも。キスマークだって、目立たないところならつけていい。

だから、今は。

「むすっとしてないで、笑いなよ。その方が楽しいと思うよ」

「わかばの前で、楽しくなんてなれない」

「私の前じゃなくていいよ。誰の前でもいい。私の前じゃ笑えないなら、その分他の人の前では、ちゃんと笑いなよ。人って楽しいから笑うんじゃなくて、笑うから楽しいらしいし」

「……なんなの、それ」

やっぱり小牧はむすっとしている。

もっと愛嬌とかそういうの、ないのかな、と思う。

私の前でにこにこされても困るんだけど、たまにはちゃんと笑ってほしいような気もする。

私は小牧の心からの笑顔が思い出せない。

ずっと昔から、小牧は私の前では楽しそうな演技をしていただけかもしれないし。やっぱり私は、小牧の本当を何一つ知らないんだろう。

だからだろうか。小牧のことを知りたいと思うのは。

「なんでもいいじゃん。嫌いな相手の妄言ってことで」

「……そういうの、ムカつく」

彼女はそう言って、私の胸を押してくる。

ようやく彼女の手が私から離れて、私は少しだけ自由になった。

「また明日。今日は色々お疲れ様、梅──」

言い切る前に、彼女にキスされた。

長い影が地面に落ちる時間のキスは、なんだかいつもと違った心地がするような。遠くから立ち上る夕飯の匂い。子供たちが別れを告げる声。どこかから聞こえる、鳥の鳴き声。

そのどれもがなんだか寂しくて、でも、小牧に上書きされていく。

それでもやっぱり、寂しさが完全に消えることはなかった。まだ黄昏時(たそがれどき)の寂寥(せきりょう)が上書きされきっていないのか、全部小牧に上書きされたからこそ、余計に寂しいのか。

わからないまま、彼女にキスされる。

温かくて、柔らかくて、切ない感触。

だけど確かに心地好くて、私は今この時だけは、彼女に身を任せてもいいか、と思った。

長さのわからないキスが終わると、彼女は静かに踵(きびす)を返した。

「……また明日、わかば」

「うん、また……」

明日もまた、顔を合わせるんだろうか。

目を離したら、消えてしまいそうな彼女と。

明日は一体何をされることやら。また勝負をして、大事なものを一つずつ奪われていって、最終的にはどうなるんだろう。

いやいや、駄目だ。

負けることばかり考えていたら、気持ちまで弱くなって、勝てる勝負も勝てなくなってしまう。

そもそも勝てる勝負なんて、あるのかって話だけど。

私は昔よりずっと大きくなったその背中が家に消えていくまで、ずっと彼女を見つめていた。

彼女が家に入っていってからしばらく経って、生ぬるい風が頰を撫でるのに合わせて、私は静かに歩き出した。

少し袖を捲って、自分の肩を見てみる。

金曜につけられたキスマークはすっかり薄くなって、もうほとんど原形がなくなっていた。

鬱陶しいと思う。濃くても薄くても私の心を乱れさせるこのキスマークという呪いを、どうしようもなく。

私は唇を噛んで、歩き出した。

明日になっても、変わらず続く何か。そんなものを求めていても、何にもならないってわかっているけれど。それでも変わらないものを望んでしまうのは、私が弱いせいなのかもしれない。

「……はぁ」

小牧に笑えなんて言ったくせに、私が笑えていないじゃないか。

あとで笑顔の練習、した方がいいかもしれない。……なんて。

★

息苦しさで目が覚めた。

何か柔らかいものが頭を包み込んでいて、目を開けることもままならない。これが噂に聞く金縛りというやつかと思ったが、そうではないらしい。

体は普通に動くし、何より。

嗅ぎ慣れた匂いが、私を包んでいるから。だから今どういう状況なのかなんとなく理解して、私はバタバタと手足を動かした。

「ん……」

頭上から声が降ってきて、ようやく私の体は少しだけ解放される。顔を上げると、小牧の寝顔が目に入った。

いつの間にやら私の部屋に侵入してきたらしい小牧が、すうすう寝息を立てて寝ている。

そのあまりの無遠慮さに、ちょっとムカついた。

この前家に来た時もそうだったけれど、こやつはどうしてこんなにも私の部屋を自分のもののように使えるのか。

いっそ鼻でも摘んで起こしてやろうかと思ったが、安らかな寝顔を見ているとそんな気分も萎んでしまう。これが逆の立場だったら、小牧は容赦なく私を叩き起こしてきているだろう。そう考えるとやっぱり、不公平だと思う。

「梅園、起きて」

鼻を摘んで起こすのは可哀想だけれど、いつまでも小牧を寝かしているわけにもいかない。このまま小牧の抱き枕になっていたら、遅刻確定だ。そもそも今は何時なのか。そして、小牧はいつからここにいるのか。

制服を着ているところを見るに、来たのはついさっきなのかもしれないが。

シワがついても私は伸ばしてあげられないぞ、と思う。

「……梅園！」

「……うるさい」

不機嫌そうに言って、彼女は再び私をぎゅっと抱きしめてくる。

私はぬいぐるみか？

これは、駄目だ。完全に二度寝モードに入っている。こうなってしまったらあとはもう時の流れに身を任せる他ない。

私は仕方なく目を瞑って、小牧に体を任せた。これで遅刻したら完全に小牧の責任だ。それを追及したところで、小牧が責任を取ってくれるはずがないなんて、わかってはいるけれど。

皆勤賞を逃してから、転げ落ちるように不真面目の道へと引きずり込まれているような気がする。無遅刻無欠席無早退。私の三種の神器は一体どこへ行ってしまったのか。

思わずため息をつくと、余計に思い切り彼女に抱きしめられて、息が詰まった。もしかすると小牧は日頃から私の命を狙っているのかもしれない。

それからしばらくして、不意に彼女の力が緩む。

解放された私は上体を起こして、彼女を見下ろした。

「おはよう、お寝坊さん。いい夢は見れた？」

「ねぼすけはわかばの方でしょ。……覚えてないの？」

「何が」

小牧は決して寝起きが悪い方ではないはずだけれど、今はひどく不機嫌そうな顔をしている。

私が何かを忘れているから、だろうか。しかし、特に小牧に何かをした覚えはない。

「……いい。もう結構いい時間だから、わかばは朝ごはん抜きね」

「梅園はもう朝ごはん食べたの?」

「うん。わかばのお母さんから、先食べなって言われて」

「……」

お母さん、自分の娘より人の娘を優先しないでください。

そうは思うけれど、そんな場合ではなさそうだった。スマホを見ると、急がないと遅刻する時間になっていた。私は急いでパジャマを脱いで、制服に着替え始めた。

「わかば」

「何? 今忙しいんだけど」

「……別に」

別にと言うなら、話しかけないでほしいけれど。私は小牧を無視して着替えを進めようと思ったが、彼女にじっと見つめられていることに気がついた。

最初に着替えを見られた時は、恥ずかしいなんて思ったものだけど。もう散々裸にひん剝(む)かれて色々見られているんだから、今更だ。

小牧に見られて恥ずかしいですー、なんて赤面してみようにも、相手が小牧なんだし別にいいかという感情しか湧いてこない。それは別に、好意から来る感情ではなく。慣れと諦めによって生まれた感情に過ぎない。どうなんだろう、とは思うけど。

「……やっぱりその態度、ムカつく」

私をしげしげと眺めていたかと思えば、彼女はぽつりと呟いた。

いきなりなんだと言おうとしたけれど、言えなかった。突然私との距離を詰めてきた小牧に、ベッドに押し倒されたからだ。

両腕を押さえられると、さすがに痛いからやめてほしいと思う。抗議するように小牧を見上げると、彼女は眉を顰めていた。そんな不機嫌そうな顔されても。私の方がよっぽどそういう顔をしたい気分だ。

「忘れてないよね。わかばは、私に尊厳を捧げたんだよ」

久しぶりに聞くフレーズだ。だが、忘れようにも忘れられるはずがない。どれだけ小牧との関係に慣れても、尊厳を奪われているという最悪の状況を忘れられるわけがないだろう。

そんなの、小牧だってわかっているはずなのに。

「私が望んだら、わかばはどんなことだってしないといけないの。私がキスしろって言ったらする。私が初体験を捧げろって言ったら捧げる。そうでしょ」

「……わかってる。だから、勝負で勝とうとしてるんじゃん」

手首が痛い。部屋は冷房が効いているせいで、下着姿のままだとかなり寒かった。なんでもいいから早く制服を着たい。でも、小牧が離してくれる気配はなかった。

やっぱり腕力ゴリラじゃん、と思う。一体何を食べて育ったらこんなに力が強くなるのか。私に半分くらい握力を分けてほしいくらいだ。

小牧に何かを分けてもらうなんて、癪だけど。

「だったら。……だったらもっと、嫌がって」

「は？」

「そういう慣れてます、みたいな態度はムカつくって言ってるの。嫌ならもっと嫌がれば」

妙な注文だ。

私は十分この関係を嫌だと思っているのだが、まだ足りないのだろうか。嫌いな相手が嫌がっているところが見たいというのは、これまた歪んだ考えだとは思うけれど。

でも、どうなんだろう。

キスには慣れた。裸を見られるのも、嫌といえば嫌だけど、慣れてきている。あんまりこういうのに慣れてしまうと、倫理観というか色々、うら若き乙女として大事なものを失ってしまいそうな気がする。

とはいえ、しょうがないものはしょうがない。

私は小牧をじっと見つめた。彼女は不機嫌そうに私を見下ろしている。

小牧は一体、どこまで私を傷つけようとしているんだろう。どこまで踏み込もうとしていて、何をさせるつもりなのか。引かれた線の向こうに行こうとしているのなら、私にできることは。

「それなら、私がもっと嫌がること、してみればいいじゃん」

自分の声とは思えないほど小さな声で、呟く。

どうしてそんなことを言ったのかはわからないけれど、撤回はできない。だって、小牧が怖いくらい目を大きく見開いて、私を見ているから。

やっぱ嘘、なんて言っても聞いてくれない顔だ。確かに彼女の言う通り、私の方がねぼすけかもしれない。

まだ寝ぼけていて、つい変なことを言ってしまったのだろう。私の頭は、どうやら起動するのが非常に遅いらしい。こんなんじゃ5Gの時代は生きていけない。

「ほら、梅園。しなよ。そしたら私も、嫌な顔してあげる」

「何それ、偉そう。わかばは私に意見できる立場じゃないから」

またお腹でも舐めてくるだろうか、と思っていると、彼女は静かに私から離れていく。

何もしないんだ。

拍子抜けだけど、少し安心する。さすがに朝っぱらから変なことをされたら、どんな顔で学校に行けばいいのかって話になるし。

「……しないんだ？」

「そんな時間、ないでしょ。遅刻するし」

「平気で授業サボった人が何を言ってるのやら。急に真面目に目覚めたの？」

「うるさい。ぶちぶち言ってる暇があったら、着替えれば」

「着替えを邪魔したの、梅園なんだけど」

小牧はそれ以上、何も言い返してこなかった。でも、私から目を逸らすつもりもないらしく、着替えている間じっと見つめてきていた。

姿見の前に立つと、少し気分が重くなる。入学式の日に小牧を見つける前までは、茉凛と同じ制服を着られて嬉しい、なんて思っていたけれど。

今は茉凛と同じ嬉しさより、小牧と同じという辛さが勝る。せっかく制服の可愛い高校を選んだのに、これでは台無しだ。三年間可愛い制服で過ごす高校生活に、つい三ヶ月前までは期待を抱いていたというのに。

望まずして、小牧とお揃いのものが増えてしまった。

昔お揃いで買ったシャーペンは最悪捨てられるけれど、制服はそうもいかない。だから気分が重くなって、制服を着ているだけでため息が出そうになるのだ。

「ねえ、梅園」

「何？」

「この制服、可愛い？」

「制服はね。中身はあれだけど」

「何があれじゃおい」

あれな中身にキスをしてきているのは、どこの誰だ。

別に制服着てるわかばも可愛いよ、なんて言われたかったわけではないけれど。やっぱり私は、小牧のことが嫌いだ。

「そういうくだらない質問はいいから。ほら、早く行こう、わかば」

「わかってるから。手、引っ張らないで。取れる」

「このくらいで取れるなら、とっくの昔にもう取れてるでしょ」

ああ言えばこう言う。

いつだって小牧は私の言うことなんて聞いてはくれない。もうちょっと素直に私の言うことに従ってくれたら、少しは小牧のこと、好きになれるかもしれないのに。

……小牧を好きになる日なんて、来るはずないってわかってはいるけれど。

私は小さく息を吐いて、彼女に手を引かれた。

何が悲しくて、小牧とおてて繋(つな)いで学校に行かなければならないのか。

小牧のクラスは一組で、私のクラスは三組だ。玄関から近いのは私たちのクラスの方だから、教室に着けば小牧とはお別れになる。

そのはず、なのだが。

「……何？」

三組の教室に着いたというのに、小牧は私の手を離そうとしない。なんのつもりなのかと視線で問うてみるけれど、彼女は無表情で見つめ返してくるのみだった。

考えてみれば私の前にいる時の小牧は、無表情か不機嫌そうな顔をしていることが多い。全くもって面白みがないけれど、時々浮かべる嗜虐的（しぎゃくてき）な笑みはムカつくからやめてほしいと思う。

だったら私は、小牧のどんな表情が見たいのか。

思わずため息をつきそうになる。

「何じゃなくて。早く手、離して自分の教室行きなよ。そろそろチャイム鳴るでしょ」

「無理」

一体何が無理だというのか。小牧は初めての幼稚園で親と離れたくなくて駄々（だだ）をこねる幼児のように、私の手を握ってくる。

その力は幼児とは似ても似つかないほどに強いけれど。痛いからやめてほしい。

「……わかば、勝負しなよ。わかばが勝ったら、手離してあげてもいいよ」

「そっちが勝ったら？」

「それは、その時になってのお楽しみ」

全然楽しみではない。しかし、小牧は完全に勝負する気満々の様子である。いつもは私から勝負を挑むことが多いから、こういう小牧は珍しいと思う。

果たして何を企んでいるのか。よほどさせたいことでもあるのか、それとも。

この前私の部屋でされたことを思い出して、微かに鼓動が速くなる。

私の嫌がること、何か思いついたんだろうか。どっちにしても、勝負に負ければろくでもないことになるのは確かだった。

「何で勝負するの？」

「わかばが決めれば？」

「梅園が言い出した勝負じゃん。梅園が決めなよ」

「いいけど」

何を挑んでも負ける気がして、何で勝負すればいいのか私には見当もつかない。でも、そろそろ勝てそうな勝負の内容を考えないと、奪われてはならないものまで奪われてしまいそうだった。

「……じゃあ。茉凜に話しかけて、向こうが最初になんて言ってくるか当てる勝負」

「なんじゃそりゃ。人を勝負の材料にするの、良くないと思うけど」

「やらないなら、わかばの……」

「……わかった。やればいいんでしょ、やれば。茉凜のことだから、おはようって言ってくるに決まってるじゃん」

私が言うと、小牧は僅かに眉を動かした。

「わかば」

「はいはい、なんですか」

「そうじゃなくて。わかばって言うよ、茉凛は」

小牧は思いがけないことを言う。あんまり気の乗らない勝負ではあるけれど、今回は私の勝ちかもしれない。

おはようと言えば、おはようと返してくる。それが茉凛という人間だ。小牧と違って裏表もないし、ちょっと摑みづらいところはあるけれどいい友達である。私が一番茉凛と仲良しなのだから、小牧になんて負けるはずがない。

私は小牧に手を引かれて、教室の中に入っていく。

突然の小牧の襲来に、教室がざわついた。そんな中で、茉凛はいつも通りの笑顔で私を見つけてきた。

「おはよう、茉凛」

私が声をかけると、茉凛は立ち上がってこっちまでやってくる。

かと思えば、抱きつかれた。

小牧よりも柔らかな感触と、微かな衝撃。さっきまで強く握られていたのが嘘であるかのように、小牧の手が私から離れた。

痛みから解放されて喜ぶ心とは裏腹に、右手が勝手に小牧の手を探す。だけどその手がもう一度繋がれることはなかった。

「わかば、おはよう！　梅ちゃんもおはよー」

柔らかくて、心地の好い声。

いつもはずっと聞いていられると思うその声が、今は少し耳に痛かった。

最初に茉凛が口にした言葉は、小牧の言う通り「わかば」だった。でも、おはようとも言ってきたんだし、引き分けってことにはならないだろうか。

そう思って小牧を見ると、さっきよりずっと不機嫌そうな顔をしていた。

これは、どういう表情なのだろう。一応予想が当たったんだし、もっと嬉しそうな顔をすればいいのに、と思う。

でも、彼女にとって予想は当たるのが普通で、勝負に勝つのは当たり前なのだ。今更喜ぶなんてことはないのだろう。

それにしたって、不機嫌そうな顔をする必要はないと思うけれど。

しかも、ここ最近では一番の不機嫌さだ。私はもしかすると、今日で小牧に命を奪われてしまうのかもしれない。

「うん、おはよう。今日も元気だね」

「まあねー。昨日が楽しかったおかげかなー」

「わかばはあんまり元気ないけど、どうしたの？　変なものでも食べた？」

「それならよかった」

「いや、夏織じゃあるまいし」

「あはは、そうだよねー。夏織ちゃんじゃないんだから、拾い食いなんてしないよねー」

「私のことをなんだと思っているのかねお二人さん」

朝から元気にコーラを飲み干したらしい夏織が、空のペットボトルを手に登場する。

ペットボトルで肩を叩く仕草がここまで似合う女子は、多分夏織くらいじゃないかと思う。それくらい堂に入っている。

「特にわかば。私のことなんだと思ってんの？」

「……野生児？」

「誰が野生児だ！　わかばも似たようなもんでしょうが！」

「夏織ちゃん。そんなに騒ぐと梅ちゃんに迷惑だよ」

「梅……？　うぇっ！　こ、小牧さん！」

「……おはよう、夏織。久しぶりだね。この前はテニス一緒にやれて、楽しかったよ」

「は、はい！　私もその、とっても楽しかったです！」

夏織は急に礼儀正しくなって、小牧はにこやかに話し出す。猫被り合戦だ。私はなんとも言えない心地で、自分の席に座ろうとした。

その時小牧に手を引かれて、そっと耳元で囁かれる。

「私の勝ちだね。放課後、楽しみにしといて」

突然の死刑宣告だった。

一日はまだ始まったばかりだというのに、いきなり最悪の気分になる。小牧の口ぶりからして、多分、ひどいことをされるんだろう。

放課後まで、果たしてどんな気持ちで過ごせばいいのか。私は頬が引き攣るのを感じたが、小牧がそのまま夏織と話し始めてしまったから、大人しく自分の席に向かった。


「はぁ……」

昼休み。

今日は玉子焼きを作っている暇もなかったから、弁当のおかずは全部お母さんが作ったものだ。

朝早くからお弁当を作ってくれるお母さんには頭が下がる。私は玉子焼きを焼くだけで疲れるのだが、母というものは偉大なものらしい。とはいえ、嫌いなプチトマトを必ず入れてくるのはやめてほしいけれど。

「はあぁぁー……」

「夏織、うるさいよ。呼気のチェックなら警察の前でして」

「私、飲酒運転してるわけじゃないからね」

「じゃあなんでそんなはぁはぁ言ってんの」

「はぁはぁって言うなし。変態っぽいから。ていうか、そうじゃなくて！」

夏織は無駄にため息をついているけれど、どう見たって落ち込んでいるって感じじゃない。

彼女が何を言わんとしているかなんてわかっているのだ。私は小さく息を吐いた。

「なんで小牧さんはあんなに素敵なんだろうって話！」

でしょうね。今朝あれだけ楽しそうに小牧と話していたんだから、そう言うに決まっている。小牧はある種台風のようなもので、過ぎ去った後も私たちの教室に多大な影響を及ぼしていた。

我がクラスにも小牧ファンクラブの方は男女を問わずいるのだ。彼ら彼女らは小牧が突然クラスにやってきたことで舞い上がっていた。

この前私を呼びに来た時と違って、今日の小牧は私のクラスメイトと結構話をしていたし。あれも効率的に自分に貢がせるためのファンサービスなのかもしれない。爽やかな笑みに、高い声、そして細やかな気配り。

全部小牧らしくなくて、気持ち悪い。別に、周りの人を見下してほしいわけじゃないけれど。

「そうですね。梅園さんは素敵な方ですね」

「ぜんっぜん心がこもってないし。幼馴染なのに、素敵だなーとか思ったことないの？」

「あいにく一度もないよ」

「えー、なんでよ。嫉妬？」

「……梅園に嫉妬なんてする人いる？」

「……いないかも。なんか、生き物としてのステージが違う感じだもんね」

　私は小牧がなんでもできることが気に入らなくて、勝負を挑んでいた。あの気持ちは嫉妬とかそういうのとは違うと思う。純粋な気持ちでもなかったんだろうけれど。

「でもなぁ……。あの小牧さんと幼馴染っていう最高のポジションにいながらその態度。私にはとても不可解なわけですよ」

　夏織は私の弁当箱に箸を伸ばしてくる。サッとプチトマトのある位置に誘導すると、彼女は箸でトマトを突き刺した。

　よしよし、いい子だ。そのままもう一個の方も食べていいからね。

「小牧さんって昔っからあんなに綺麗でモテモテだったの？」

「んー……」

　どうだっただろう。私の覚えている限りだと、昔の小牧はもうちょっと可愛い感じで、今より自信がなさそうだった……はず。でも私があの時失敗してから人を見下すようになって、自信満々になっていって。

うーん、と思う。

いつから小牧って、私より大きくなったんだっけか。中学生の頃にはもう綺麗だとか言われることも多くなっていた気がするが、果たして。

「あんま覚えてないけど、まあ、多分綺麗だったんじゃない。モテたかどうかは……どうだったかな」

「私が知ってる範囲だと、中一の頃から結構告白とかされてたよ？」

茉凛が言う。

「へー。じゃあ彼氏、いたんだ」

「んー、まあ……」

ちら、と茉凛が私の方を見る。私は彼女に微笑んだ。小牧のしたことを忘れたわけじゃないし、許したわけでもないけれど。でも、先輩への恋心は少なくとも、今の私にはないから。気を遣ってくれなくても、いいと思う。

茉凛は目を細めた。箸を持っていない方の手で、私の頭を撫でてくる。その手つきは、やっぱり優しい。

「どんな人どんな人？　気になる！」

「……優しい人だったよ。気遣いできて、かっこよくて。割とお似合いだったかもね」

先輩のことを話しても、胸が痛むことはない。

それがかえって、苦しいような気がした。

「へー。今も付き合ってるの？」

「ううん、別れちゃったみたい。まあ、性格の不一致ってやつかな」

先輩は、確かにいい人だったと思う。

でも、そんな人が少し弱いところを見せたからって、私は失望してしまった。我ながらひどいと思うけれど、自分ではどうすることもできないのが感情というものだ。

今更あの頃のことに思いを馳せたって仕方がない。先輩をずっと好きなままでいられたら、今こんなにも悩まずに済んだのだろうか、とは思うけれど。

「ふーん。まあ、そんなもんだよねー。あれだけ完璧なんだから、相手もアイドルくらいじゃないと釣り合わないじゃないか」

「……そうかもね」

小牧に釣り合う人間なんて、この世のどこを探したって見つかるはずもない。でも、どうなんだろう。釣り合いはともかく、小牧が好きになれる人間って、いるんだろうか。

多少なりとも関わりがある相手は、放っておけなくなるものだ。私が小牧の幸せをまだ願っているのだって、そういう理由で。

先望してしまったとはいえ、先輩にも、私は幸せであってほしいと思っている。だけど、小牧はどうなんだろう。関わってきた人への愛着とか、好意とか、そういうのは。

好きじゃなくても、一度付き合った相手を好きになるとか、なかったんだろうか。今更聞いても、仕方ないのかもしれないが。

「そういうのはないいんじゃない？」

茉凛が私の弁当箱からプチトマトを摘んで言う。

「大事なのは人から見た時の釣り合いとかじゃなくて、お互いの気持ちだよ。……ね、わかば」

彼女はそのまま、私に箸を差し出してくる。プチトマトを食べろと言うのか、私に。正直言って勘弁してほしいけれど、でも、茉凛なら。

私はプチトマトを口に運んだ。

「……もしかして茉凛って、モテる？」

「さあー？」

やっぱりプチトマトは、美味しくない。プチュってなって、青臭くて。でも茉凛に食べさせてもらったから、ちゃんと飲み込もうって気になる。

自分が好きな相手にされることなら、嫌なことだって受け入れられるのかもしれない。そう考えるとやっぱり私は、小牧のことが大嫌いだ。彼女のすることなんて何一つ受け入れられない。

でも慣れるんだよな、と思う。

彼女の言うことを聞くのも癪だが、私ももっと、嫌だと意思表示をした方がいいのかもしれない。そうしたら、彼女が喜ぶだけかもしれないけれど。

「わかば、美味しい？」

「……まずい」

「ありゃー」

「でも、茉凛が食べさせてくれたから、食べる」

「……ふふ。わかばのそういうところ、好きだよ」

茉凛はそう言って、ふわりと笑った。

柔らかなその笑顔は、見ているだけで心が和むような感じがする。やっぱり茉凛のこういうところが、好きなのかもしれない。

彼女に笑い返すと、また頭を撫でられた。もしかすると子供扱いされているのかもしれないけれど、まあ、いいかという気になる。多分私は、茉凛から見たらよっぽど子供なんだろうし。

三人で食事をしていると、話題があっちこっちに飛んでいって退屈しない。そのおかげで私は、しばらく放課後のことを忘れられた。

……とはいえ。

忘れていようと覚えていようと、時間というものは無慈悲に過ぎるもので。いつの間にか今日の授業が終わり、放課後になる。

いっそのことこのまま帰ってしまおうかと思ったものの、小牧が地の果てまで追いかけてくることは知っているため、彼女の教室に向かう。

どうやら、小牧のクラスはまだHRをやっているらしい。少し待っていると、HRが終わる。しかし、小牧はクラスの男子と話していて、教室を出てくる気配がない。私は少し迷ってから、自分の教室に戻ろうとした。

「ごめん、時間取らせて」

「ううん、大丈夫。それで、用事って？」

「ここだとなんだから、もうちょっと人がいないところで話そう」

小牧はさっきから話している男子と一緒に教室を出てくる。彼女は一瞬私に目を向けたけれど、すぐに人のいい笑みで男子を見た。

踏み込むなってことだろうか。

別に、いいけれど。

私は小牧たちがどこかに歩いて行くのを見送ってから、自分の教室に戻った。帰りたいけれど、帰るわけにもいかない。

あの男子、やっぱり小牧に告白するのかな。

小牧も私を傷つけるためとかじゃなくて、試すだけでもいいから誰かと付き合ってみればいいのに。そうすれば、もしかしたら好きって気持ちが湧いてくるかもしれないし。あの歪(ゆが)んだ性格も、人を好きになれば少しはマシになるかもしれない。

「……はぁ」

小牧、小牧小牧、小牧。

私の心はそんなのばっかりだ。小牧のことばかりが頭に浮かんで、私のことを圧迫してくる。

私は人がいなくなった教室の窓を開けた。

夏の風はひどく生温かくて、でも、心地好い。風で揺れるカーテンの先に、入道雲が見えた。あの雲の陰影の一つ一つが、どうにも私の心を駆り立てる。ワクワクするような、不安になるような。

夏の雲は私たちの、不安定な心を代弁してくれているのかもしれない。なんて思うのは、人間の思い上がりだろうか。

「小牧の、ばーか」

誰にも聞かせない、宙に浮かばせるだけの言葉。

意味なく消えていった言葉は、発していないのと同じで。でも、私の心を重くする。小牧が誰を好きだとか、なんだとか。

そんなことどうでもいいのに、考えてしまう。私は、なんなんだろう。

「わかば」

教室の扉が閉まる音がした。

振り返るとそこには、小牧の姿があった。彼女はさっきまでの笑顔をどこへやってしまったのか、無表情で私を見ている。

「こっち来なよ、梅園」

「……いいけど」

たまには私の言うことを素直に聞いてくれるんだな、と思う。やっぱり、それで好きになったりはしないけれど。

私は少し体を横にずらして、元いた位置を彼女に譲った。

「……何？」

「窓の外、見てみなよ。雲、すごい綺麗じゃない？」

「別に」

こんなんばっかだなぁ。

私は小牧と仲良く話がしたいわけじゃない。じゃないのに、いつもいつも無駄に話しかけては、そっけない返しで会話を終わらせられている。

馬鹿みたいだ。嫌いな相手に、余計なことばかり話しかけて。本当に、なんでこんなにも小牧に話しかけてしまうんだろう。意味なんてないってわかっているのに。

「そっか。私は結構、好きだけどね。あの雲の、雲ーって感じが」

「何それ、馬鹿っぽすぎ」

「梅園は、感性がつまんないね。もっと自然を愛でようよ」

小牧は眉を顰めた。

「無理」

「……そ」

つまらない。でも、それが今の小牧だ。昔の私たちがどんな会話をしていたかなんて、わからないけれど。今の私たちにはこれがふさわしいのだ。

別に思うところなんてないはずなのに、どうにも胸がざわつくのはどうしてなんだろう。

もやもや？　ずきずき？　ぐるぐる？

わからない。形容し難い不思議でおかしな気持ち悪さが、ずっと私の胸に渦巻いている。

「さっきの男子、なんの用だって？」

「私のことが、好きだって」

「ふーん。この時期に告白って、すごいね。後が気まずくなりそうだけど、夏休み前に彼女が欲しかったのかな」

「知らない」

告白されるのには慣れているんだろう。小牧が動じた様子はない。こんなんじゃ、告白した男子も浮かばれないと思う。

私は静かに、彼女の横顔を見つめた。

ぬるい風に流された、茶色の髪。光を多分に含んだ艶やかな髪は、どこか金色に輝いているようにも見える。その不機嫌な横顔は、やっぱり馬鹿みたいに整っていた。地上を憂う天使、なんて。そんなたとえをするほど、私の頭は茹っていない。

「わかばは、あるの？」

不意に、彼女の顔が私の方を向く。入道雲の観賞は、もう十分らしい。綺麗なんだから、もっと見ればいいのに。

そう思うけれど、黒目がちなその瞳に見つめられたら、もう終わりだ。

「あるって、何が？」

「告白されたこと」

「……あるよ」

嘘である。私に告白してくる物好きなんて、どこにもいない。

だけど小牧は冗談を本気で受け取ったのか、目を見開いた。

「誰に？　何回？　いつ？」

「クラスの男子に、何度か、高校入ってから」

告白されたことがあるかとか、その回数とか。どうでもいいと思う。私は夏織のように、モテたいという願望があるわけでもない。

ただ、小牧の予想通りの答えを言うのは嫌だったから。だからちょっとだけ、くだらない冗談を言ってみただけだ。

でも、意外と楽しくなかった。

「……じゃあ、彼氏は」

いるよ、と言うのは簡単だ。でも、嘘でもそこまでは言えない。少なくとも、人をずっと好きでいられない私が口にするには、重過ぎる言葉だと思う。

だけど。

もし、彼氏がいると言ったら。小牧は一体、どんな顔をするのか。少しだけ気になった。

多分、不機嫌そうな顔で、いつもみたいに色々私を馬鹿にした発言をするだけだろうけれど。

「さあね。自分で考えたら？」

「わかば」

いつになく、声が硬くて尖(とが)っている。茉凜の柔らかな声を聞いたばかりだから、その差で耳がやられそうだった。

「わかば、言って」

「やだ。梅園は、私よりずっと頭いいんでしょ。私が教えなくても、わかるよ」

小牧は眉間に皺(しわ)を寄せた。不機嫌オーラが出まくっている。

「……梅園が、好きなもの教えてくれたら、私も教えてあげてもいいよ」

「それは……」

彼女は私から目を逸(そ)らした。

「だったら、いい」

「……そっか」

私の尊厳は、まだ小牧のものだ。だから尊厳を引き合いに出されたら、どんなことも教えないといけないんだけど。彼女はこれ以上、追及する気がないようだった。

だから私も、何も言えない。

彼女の好きなものは、一体どんなものなんだろう。どんな形で、どんな色で、どういうジャンルのものなのか。

それだけあれば生きていけるのなら、小牧にとってそれが、一番大事なものってことになる。本当は、私がそれを見つけ出してみせたかった。

知りたい。あの小牧が、一番大事にしている好きなもの。でも、きっと教えてはくれないんだろう。私にだけは絶対教えないと言っていたし。

「でさ。朝、負けたわけだけど。今日は何するつもり？」

私は沈黙に耐えられなくなって、言った。

彼女はゆっくりと私の方を見て、肩に手を置いてきた。

「キス、して」

それだけでいいのなら。

小牧を屈(かが)ませようとすると、彼女は大きく息を吸い込んで、言った。

「恋人にするみたいに、好きって言いながら」

いつもより冷たくて硬い言葉が、耳に刺さる。風が、私たちの間を通り抜けた。

好き。

その言葉は、多分。私が何より大事にしないといけないもので、小牧に言っていい言葉なんかじゃない。

でも、勝負に負けたのは私だ。しかも、一番の親友である茉凛が何を言うかという、本来私が絶対に勝たないといけない勝負で、負けた。

どうして小牧は、茉凛が私の名前を最初に呼ぶってわかったんだろう。それだけ彼女と仲がいい、ということなのか。私の親友を奪うのはやめてほしいけれど、今更かもしれない。

勝たない限り、大事なものを奪われ続ける。そんなのずっと前から、わかっていたことだ。

「そんなことさせて、楽しい？」

「楽しいよ。だってわかば、嫌でしょ？」

彼女はにこりと笑った。

「……最低」

せっかく色んな才能があるんだから、もっと有意義なことに時間を使えばいいのに、と思う。私に嫌がらせしている暇があったら、彼女なら学問の一つや二つは極められるだろう。

天才すぎてなんでもすぐにできるようになるからこそ、今は私の嫌がらせを優先しているのかもしれないけれど。

勉強は後からでもできるが、私への嫌がらせは今しかできない。そう考えると、意外と貴重だったり？

なんにせよ、小牧の性格が悪いことには違いない。

「好きって言ってほしいなら、誰かと付き合えばいいのに」

「私は好きって言われたいんじゃなくて、わかばが嫌いな私に好きって言う様が見たいの」

「歪み(ゆが)すぎでしょ。わけわかんない」

「わかんなくていいから、早くしなよ」

私は窓際の席から椅子を持ってきて、その上に膝立ちになった。

「最低、最低、最低」

小牧は楽しそうに笑っている。彼女が他者に見せる笑みとはまた違う、性格の悪さが滲み出た笑みだ。

やっぱり、最悪。

小牧は歪んでいる。最低で最悪で、この世のどこを探したってここまで性格が悪い人間なんていないと思う。

「……するから」

私は彼女の肩に手を置いた。最初にキスした時はあれこれ言って目なんて瞑らなかったくせに、今はちゃんと目を瞑っている。

やっぱり、好きって言いながらするキスだから、雰囲気を作ろうとしているんだろうか。いや、小牧がそんな乙女なことを考えるはずがない。

私は少し迷ってから、彼女に口づけをした。この前の経験から、目は瞑らない。でも、そうすると彼女の顔が嫌でも目に入るわけで。顔だけは整っている、と思う。

「わかば。黙ってないで、早く」

「……うるさい」

「勝負に負けたのは、わかばでしょ」

「わかってる。……好き」

その言葉は、空っぽだ。どれだけ好意的な言葉だって、中身が伴っていなければなんの意味もないと思う。だからこんな無意味で空虚な「好き」なんて、言っていないのと同じだ。

同じ、ならば。

「好き。好き、好き、好き」

その言葉に何も意味を込められないことに、安心する。だけど、同時にひどく寂しいような、そんな気がした。

いつか私も、ちゃんと心から誰かを好きと言える日が来るのだろうか。その時、私は誰に中身の詰まった「好き」をぶつけるのだろう。その人は私の好きを、受け止めてくれるのだろうか。

ぐるぐる回る思考は、柔らかな感触によって堰き止められた。

彼女はいつもより少し激しく、私の唇を求めてくる。舌が唇を割ってきて、口内を優しく探ってきた。

かと思えば、彼女は私の頭を抱え込むように撫でてくる。まるで、大切な何かを愛でるように。

その行為に意味はない、なんて。わかっている。わかってはいるのだ。でも、やめてほしい。嘘でも、無意味でも、大事なもののように扱われると、胸がちくちくするから。

もっと乱暴にしてよ、と思う。その方が、私たちらしいのに。

「名前。名前も、呼んで」

「……梅園」

「好きな相手のこと、苗字では呼ばないでしょ」

苗字で呼び合うカップルもいるなんて、前は言っていたくせに。こういう時は名前で呼ばせたがるんだ。

好きって言って、名前を呼んでキスをする。一度もしたことのないその行為をしてしまったら、どうなってしまうのだろう。

わからない。

だけど、小牧にこう言われてしまったら、私には拒むことができなかった。

「小牧」

「……ん」

「……好き」

私の言葉は全部空っぽだ。好きの中身はおろか、小牧という名前に込められる感情も見つけられない。だから空っぽな言葉はただの音として発せられて、無意味に消えていく。

今の私にはそれがお似合いなのだと思う。自分の感情を信じられないんじゃ、仕方ない。

そう、思うけれど。

小牧は私の言葉に、何を感じたのだろう。さっきまでの性格の悪い笑みが嘘だったかのように、微妙な顔になっている。

眉を顰めているけれど、不機嫌そうでもない。今までに見たことのない、不思議な表情だった。一体どんな感情で、何を考えているのか。

「わかば……すき」

彼女は囁くようにそう言って、また私にそっとキスをしてくる。

今までしてきたどんなキスとも違う、その優しいキスが、どうしようもなく私の心を乱れさせる。

好きなんて言われ慣れているんだから、もっと軽く受け流して、いつもみたいに私を傷つけてくればいいのに。

そう思うけれど、でも。

いつだって私の思い通りにはなってくれないのが小牧だ。

しばらくの間彼女に身を委ねていると、やがて満足したのか、唇を離してきた。

「終わり」

彼女はなんの感慨もない様子で、そう言った。

嫌いな相手に嫌がらせができたんだから、もっと喜ぶとか、ないのか。好きと言いながらキスをするのなんて、初めてなのに。

私は少しもやもやしながら、椅子から降りた。

「好きでもない相手と好きって言い合いながらキスする感触は、いかが？」

あの時の小牧みたいに、私は笑いながら言った。

小牧は、にこりと笑う。

「楽しかった。わかば、すごい馬鹿みたいな顔してたから」

「それを言ったら梅園だって、変な顔してた」

私が言うと、小牧は微（かす）かに眉を顰めた。ていうか、途中から目、開けてたのか。私も余裕がなくて、気づかなかった。

「わかばよりはマシだから」

自分でも、変な顔をしていた自覚があるんだろうか。

小牧はバッグを肩にかけて、扉の方まで歩いていく。

扉を開けた彼女は、私の方を振り返った。

「帰るよ、わかば」

「……一人で帰れば？」

「……わかば」

彼女は不機嫌そうな顔をした。

やっぱりこの顔が一番、小牧らしいと思う。下手な笑顔よりよっぽど、見ていて楽だ。好きではないけれど。

「はいはい、一緒に帰ればいいんでしょ。わかったわかった」

「よくそんな偉そうな態度取れるね。一度も私に勝ってないくせに」

「将来的には勝つんだから、いいじゃん」

私はバッグを持って、彼女の許まで歩いた。

彼女は私から顔を逸らしたかと思えば、手を握ってくる。別にこっちをずっと見ていてほしいわけじゃないけれど、わざわざそっぽを向く必要もないと思う。

なんなんだろう、ほんとに。

小牧の行動は私には読めない。

昔はもう少し、わかりやすかった気もするけれど。

「梅園」

手を引かれて、歩き出す。もう全てのクラスがHRを終えているのか、廊下はひどく静かだった。

二人分の足音がこつこつ響いて、重なる。調和を失った歌声と違って、足音は綺麗な重なりを見せていた。同じ種類の靴を履いているんだから、当然かもしれないけれど。

「好き」

ぽつりと言うと、彼女は立ち止まって私の方に目を向けてきた。相変わらずその顔は、無表情だ。

やっぱり、言われ慣れているんだろう。好きとか、綺麗とか、そういう類の言葉は。私の「好き」と違って、ちゃんと中身の伴ったその言葉を、小牧はきっといつも耳にしている。さっきの男子も、恐らくは。

私が小牧に対して感情を込めて言える言葉は、そう多くない。別に、何かを彼女に言いたくて仕方がないというわけでは、ないのだけれど。

でも。

ふとした瞬間に私は、昔の小牧のことを思い出す。あの頃の小牧と何をしていたかとか、そういうのは思い出せない。だけど、あの頃の小牧の不安そうな顔だとか、泣きたいのに泣けない顔だとか、そういうのは鮮明に思い出せてしまうのだ。

その度に私はちょっと不安になって、大きくなった小牧に安堵して、そして。

彼女に私がしてあげられることを、探してしまう。

「ほら。私が嫌々言ってあげてるんだから、もっと喜べば？」

「そういうのは、いらない」

「欲張りさんめ」

「欲張りとは言わないから。わかばは余計なことしなくていいし、言わなくていい」

それだけ言うと、彼女はさっさと歩き出してしまう。

それでも、私の手は握ったままだ。小牧は私のことを、どうしたいんだろうと思う。

私は何も言えず、大きくなったその背中を見つめた。背筋がちゃんと伸びて、堂々としていて、かつての面影なんてない。

だけど、本当にそうなんだろうか。今の小牧は一切自分の完璧さに不安を抱いていなくて、まっすぐ前だけ見て生きていけているのか。

私には、そうは思えない。

「……あのさ」

完璧な自分を受け入れているのなら、あんなまずい飲み物と自分を重ね合わせたりなんてしない。

本当に満たされているのなら、私にいちいち嫌がらせなんて、してこない。

彼女はまだ、心のどこかに不安を抱えているのではないか、と思う。完璧じゃない自分になりたくて、もがいているようにも見えた。

しかし、私は知っている。彼女は大体のことはなんでもできるけれど、完璧ではないということを。

枕が替わると眠れない。大きい音は苦手で、辛いものも苦手。多くはないけれど、苦手なものもちゃんとある彼女のことを、私だけはわかっている。知っている。

だから、もし世界中の人類が皆彼女を完璧と言い、彼女のことが好きだと言っても。世界でただ一人、私だけは。彼女は完璧じゃないし、彼女のことが嫌いなのだと言い続けたい。

それが多分、私が今彼女にできる唯一のことで、私がしなければならないことなのだ。

「やっぱり私、梅園のこと嫌い。大っ嫌い。他の誰が好きって言っても、私は梅園のこと、嫌いだから」

私の嫌いには、感情がこもっている。

好きと違って中身があることに安堵して、やっぱり私が小牧を好きになることなんて一生ないんだって再確認する。

「私だってわかばのこと、嫌い。世界で、一番」

「……そ。私は、一番じゃないけど」

「……ムカつく」

周りが好きだけに満たされていたら、また小牧は迷子になってしまうかもしれない。

今度は誰にも相談できず、全部自分だけで抱え込んでしまうかもしれない。

だから、私は。彼女がちゃんと人間だと教えるように、彼女が自分の立っている場所を忘れないように。

「嫌いは嫌いだけどね」

これからも、嫌いと言い続けよう。

私はほんの少しだけ目を細めて、彼女の手をぎゅっと握った。手を握ることに、意味なんてないけれど。

今度こそ、失敗しなければいいと思う。

そう思いながら、すっかり彼女の体に馴染(なじ)んでいる白いブラウスを見つめた。

5　彼女の一番になる方法

私が幼い頃のことだ。完璧な人なんていないんだよ、と両親は言った。

じゃあ、だったら、私はなんなの？

その言葉を、ずっと口にできずにいた。

幼少期からずっと、私はすごいと言われてきた。何をしても完璧にこなすことができて、初めてやることだって、前からずっとやっている人よりも上手くできた。だから皆私を天才だとか、完璧だと称した。

整っているらしい私の容姿も、完璧だと言われるのに一役買っていたのだろう。

でも、私はそう言われるのが嫌だった。贅沢かもしれないが、皆と足並みを揃えて、一緒に何かをやりたかったのだ。

しかし、私は一人で完成していたから、友達と協力することができなかった。

何をやっても、小牧ちゃん一人でいいなんて言われてしまうのだ。かといって少しでも手を抜けば、馬鹿にしないでと怒られる。私はもはや、どうしていいかわからなかった。

「小牧！　しょーぶだよ！」

私の能力が異常であることが判明していき、周りと距離ができ始めてもなお、変わらないものが一つだけあった。

それは、吉沢(よしざわ)わかばとの関係だった。

彼女はことあるごとに私に勝負を挑んでくる謎の子で、私はいつから彼女が自分の近くにいるのか覚えていなかった。

気付けば隣にいて、いつになっても離れなくて。

どうして。

私は彼女のことが、わからなかった。彼女はいつだって明るい笑顔を私に向けてきて、その度に私は胸がもやもやした。そのもやもやの正体が判明したのは、小学二年生の時。

あの頃、私は自分が決定的に周りとはずれた存在であることを知った。埋めがたい差が私と人々の間にはあって、だから私は普通にはなれないと悟って。そして、自分が嫌になった。

「私、にんげんなんだよね？　皆私のこと完璧って言うし、何をしてもできちゃうから、怒られる。嫌われる。私、本当ににんげんなの？」

こういうことを話せるのは、わかばだけだった。両親だって、私を持て余しているのだ。

私をまっすぐ見て、綺麗な響きで濁りなく私の名前を呼んでくれるのは、わかばだけだった。

「何言ってるの？　完璧だろうとなんだろうと小牧は人でしょ！　そんなことで悩まなくても大丈夫だよ！」

笑顔でそう言った彼女を見て、呼吸が止まったのを覚えている。

だって、あまりにも綺麗だったから。

気遣わしげで、ちょっと困った感じで。でも、私を安心させたい一心で浮かべているらしい不恰好な笑みが、私の胸を貫いた。

彼女の言葉は、他のどんな言葉よりも滑らかに私の中に入ってきて、溶けていった。それからだった。私が、自分のことを人間だと信じられるようになったのは。

わかばが笑ったから、私は人間になった。

わかばが人だって言ってくれたから、私は不安を抱かなくなった。

自分を人間だと信じられるようになった私は、自分を誇ることにした。わかばに認められた自分は胸を張って生きていいのだと悟り、完璧ではない普通の人間を愛するようになった。

そうしていくうちに、私は人に嫌われることがなくなった。

視野を広く持つと、案外人間というものは単純に見え、コントロールするのは容易いと気がついた。

私はどんな人間にだって好かれることができる。

ただ一人の例外を除いては。

「小牧ー。テストの合計点いくつだったー？」

わかばの気持ちだけは、制御できなかった。

小学二年生の時、私は彼女のことが好きだと気がついた。彼女も私のことは好きだったと思う。でも、私の好きと彼女の好きは温度も方向性も違って。

どれだけ振り向かせようとしても、私は彼女の特別にはなれなくて、一番仲の良い友達にもなれなくて。

いつだって私は、三番目くらいに仲がいい友達だった。

中学生になって、彼女は初恋をした。相手は一個上の先輩で、彼を見ている時のわかばの目は、私には見せない色で満ちていた。

一番の友達に見せる色。

恋する相手に見せる色。

どっちも、私に向けられることがない色。

私と彼女の「好き」の温度が一致することは、決してない。もし彼女に私を愛してほしいと言ったら、友達ですらなくなってしまう。

ずっと、ずっと考えていた。

愛してもらえないなら。一番になれないなら、私が彼女から受け取れる、私だけの色はなんなのだろうと。

結論は、単純だった。私が彼女から受け取れるのは、嫌いの色だけだ。

わかばは人を嫌いにならない。彼女が人を恨んだところを、私は見たことがなかった。だから私は、彼女に恨まれる人間になって、私だけの特別な色を見たいと思った。

先輩と付き合って、思いっきり振って。それをわかばに報告した。

彼女の目の色は顕著に変わった。

広く友達に向けられていた色から、見たことのない、燃え上がるような恨みの色へ。それはずっと私が欲しかった、私だけに向けられる特別な感情だった。

でも、それすら時間と共に薄れていった。

ただの嫌いという感情は、わかばの特別ではなかった。ゴーヤとか、みょうがとか、ちょっとした苦手は彼女にはいくらでもある。そういうものと同じカテゴリーに、いつの間にか私はいた。

どうすればもっと恨んでもらえるのか。

私だけの特別を維持するには、どうすればいいのか。考えて考えて考えて、私は彼女の尊厳を奪うことに決めた。

彼女が大事にしているものを全部奪って、彼女の記憶に私の情報を刻みつけて、消えない傷になる。もはや、私にできることはそれだけだった。

わかば。

わかばがもし、これから先誰かを好きになって、結婚して、子供を産んでも。わかばが最初にキスしたのは私だし、最初に部屋で裸を見たのも私だし、最初にデートをしたのだって、私だから。

それを、ずっと忘れないでいてほしい。

★

今日の天気は快晴。梅雨はもう明けたらしくて、一週間は雨が降らないようだった。

雨は少し煩わしいが、降ってほしいと思う。わかばが傘を忘れていそうな日は頑丈なビニール傘を持って行って、一つの傘を一緒に使いたい。わかばが傘を持っていそうな日は、前に彼女が褒めてくれた可愛い傘を差して、二人で歩きたい。

もう彼女が傘を褒めてくれることは、ないかもしれないが。

「……はぁ」

私は花柄の折り畳み傘をバッグに入れて、家を出た。

今日はわかばの家に寄っていくか、少し迷う。この前行った時は寝ぼけたわかばに引きずり込まれて、一緒に寝てしまったけれど。

朝に彼女の部屋に行けば、また彼女と一つのベッドで寝られるんじゃないか。などということを考えて、やめる。

今日はなんというか、そういう気分じゃない。

最近の私は、ブレている。わかばに嫌われるようなことをし続けなければ、彼女の消えない傷にはなれなくなってしまう。そうわかっているのに、彼女に好かれたいという気持ちで行動してしまうことがしばしばあった。

それは、多分。

わかばが私に優しくしてくれるのが原因だと思う。私のことを嫌いなのに、辛いものは食べてくれるし、抱き枕にもなってくれる。そんな彼女に、もっと優しくされたいと願ってしまう。

そして。あの時嫌われるという選択肢を選ばず、好きだと言っていたら。もしかしたら彼女は、私と付き合ってくれたんじゃないか。私はずっと、そんなことを考えていた。

でもあの頃、確かにわかばは結城先輩に恋をしていた。だから、きっと無理だった。

無理だった、と思う。

でも、可能性が本当にゼロだったかどうかは、わからない。わからないから、後悔してしまう。

私は晴天なのも気にせず、折り畳み傘を差した。日傘にもできるタイプじゃないから、意味はないけれど。

なんとなく、後ろからわかばが私に気づいて、追いかけてくれないかと期待してみる。

しかし、振り返っても誰もいない。

私はため息をついて、ゆっくりと足を動かした。

「……あ」

「……む」

歩いていると、自販機の前にわかばの姿が見えた。

今日も彼女はこんな朝からメロンソーダを買っている。

メロンソーダが飲みたければ、私の家にたくさん置いてあるのに。メロン味のお菓子だって、色々ストックしてある。わかばを家に呼ぶ機会なんてほとんどないから、賞味期限切れが多発しているのだが。

「なんでこんな晴れてる日に傘差してるの？　それ、日傘じゃないよね」

「別に」

わかばに見つけてほしかったから。なんて、言えるはずもない。

でも、わかばにこうして朝から会えたことは嬉しい。しかし、表情に出したらまずいから、いつもみたいに頑張って無表情を作ってみせた。

「変態じゃん。……まあ、今に始まったことじゃないけど」

「わかばもでしょ。メロンソーダばっかり飲んでる、変態」

「変態じゃなくて、私はメロンの国生まれなだけだから」

「こんな辺鄙な街に生まれといて、何言ってるの」

わかばは私を見上げてくる。

その上目遣いが、いつも私の胸をときめかせる。

わかばはいつだって、可愛いと思う。

柔らかな黒髪も、大きな瞳も、小さな体軀も。その全部が好きだと言ったら、彼女はどんな顔をするだろう。

想像しても、わからない。こんなにも長く彼女と一緒にいるのに、私は彼女の心に全然近づけていない。

もどかしくて、でも、もう好き同士になるなんて無理で。

だからせめて、嫌い合っているというこの関係だけは、崩したくない。好きだとか、愛してほしいとか。そういうことを言ったら、彼女は私の前から姿を消してしまうかもしれない。

それくらい私たちの関係は不安定で、薄氷のように脆(もろ)い。

そうさせたのは、私なのだが。

「梅園(うめぞの)」

「な……」

何、と言い切る前に、ペットボトルが飛んでくる。

キャッチすると、冷たかった。

私は目を瞬(しばたた)かせて、彼女を見た。

彼女は珍しく、楽しげに笑っている。

「あげる、それ」

「……何か入れてる？」

「わけないでしょ。買ったばっかなんだから。布教だよ、布教。梅園にもメロンの国に移住してもらおうと思って」

「何それ、しないから。馬鹿みたい」

「馬鹿でいいから、飲みなよ。今日、暑いし」

私のことが嫌いなはずなのに、こういうところはやっぱり優しいと思う。昔から変わらないその優しさがもどかしくて、痛い。

私は誤魔化(ごまか)すようにペットボトルを開けて、中身を口にした。

いつも通りの、メロンソーダの味だ。好きでも嫌いでもなかったけれど、わかばが好きだから私も好きな、安っぽい味。

「美味しい？」

「普通。わかばも、飲めば」

ペットボトルを差し出すと、彼女はかぶりを振った。

「ううん、いい。新しいの、買うから」

「……そう」

別に、いいけれど。今更間接キスで喜ぶほど、私は子供ではない。

……というのは、嘘だ。

私はわかばとどんな触れ合いだってしたいと思っている。間接キスも、手を繋ぐのも、キスをするのも。全部好きだし、飽きない。

「うん、やっぱりメロンソーダは最高だ」

彼女は新しいメロンソーダを買って、一気に半分ほど飲み干した。

楽しげな彼女の笑顔に、一瞬目を奪われる。夏の太陽を浴びた小さな体は、どうにも光り輝いて見えた。

「さて。涼んだことだし、学校に行かないと。……梅園はどうする？　このままここで涼んでく？」

「普通に暑いから、学校行く。わかばこそ、ずっとここにいれば」

「無理。学校の冷房が私を待ってるから」

そう言って、彼女は私に近づいてくる。

彼女を見て、夏服はあまり好きじゃないかもしれない、と思った。

春はブレザーとネクタイがあったから、同じ制服を着ているって感じが強くて嬉しかった。でも、夏服にはネクタイもブレザーもない。

白地のブラウスはどこの学校もそう変わらなくて、彼女とお揃いなのはスカートだけだ。スカートがお揃いってだけじゃ、足りない。私とわかばは同じ場所にいるんだって、全身で感じたい。でも夏の間は、それが叶わないのだ。夏休みが始まってしまったら、余計に彼女と同じではいられなくなる。

休みなんて、来なければいいのに。

少しだけ、そう思う。

私たちは嫌いという感情と、学校という箱庭によってのみ結び付けられている。その片方が短い間でもなくなるのは、不安だった。

「ねえ。その傘、入れてよ」

「……別に、いいけど」

この前は傘の中から出て行ってしまったけれど、今日は彼女から来てくれた。それだけのことが嬉しい。

「日傘じゃなくても、ちょっとは紫外線とか遮断してくれるよね」

「知らない」

「……そういう理由でもないんだ、傘差してるの」

「なんでもいいでしょ」

「いいけどさ。梅園が変なのは、今更言うまでもないし」

わかばに見つけてほしくて。

そんな子供っぽい理由を彼女に明かしたら、どうなるんだろう。彼女に対する好意なんて、一生口にはできないが。

もう後戻りはできない段階に来ているのだ。

一度嫌われると決めた以上、私に退路はない。どうせ、好かれようとしても無理なのはよく知っているし。

数々のアプローチは無駄に終わっている。きっとわかばは、アプローチだということすら、気づいていなかったのだろうが。

「……可愛いね」

「え？」

「いや。晴れてる日に見ると、この傘すごい可愛いなーって思って」

「ふーん」

　わかばに私の持っているものを褒められるのは、嬉しい。

　彼女が私に関するもので心を動かしてくれたという事実だけで、胸が弾む。だから私は、彼女が好きそうなものが好きだ。

「わかば。もっとこっち、寄って」

「なんで？」

「日光を避けたいなら、傘の下にいる方がいいでしょ。体、はみ出てるし」

「それは梅園が無駄にでかいせいだと思うけど。……まあ、いっか。変なとこ触んないでよ」

「そう言われると触りたくなる」

「天邪鬼（あまのじゃく）め」

　わかばは眉を顰（ひそ）めた。

　でもこの前みたいに傘の外に出てしまうことはなく、私に体を近づけてくる。

　暑い。暑いけれど、今はこのままでいたかった。

「梅園、今年の夏のご予定は？」

「わかばで遊ぶ」

「私はホビーじゃないわけですが」

晴れている日に、普通の折り畳み傘を二人で使って歩く。

傍(はた)から見ればきっと滑稽だろうけれど、わかばが気にしている様子はない。

「予定、空けときなよ。わかばの予定は、私のものだから」

「まあ、できる範囲でね」

「……わかば」

やっぱりわかばは、茉凛(まつり)と一緒に夏休みの大半を過ごすんだろうか。

だとしたら、嫌だと思う。

茉凛はわかばの一番だ。わかばもきっと、茉凛の一番で。嫌い同士の一番ですらない私は、茉凛に対抗することすらできない。

このまま茉凛にわかばのことを奪われてしまったら。そう思うと、気が気でなかった。

「わかってるって。梅園を優先する。それでいいんでしょ」

「……いい心がけ」

どんな理由にせよ、わかばが私を優先してくれるのは嬉しい。でも、喜んでばかりもいられないと思う。

わかばはそれ以上何も言わず、私と肩を並べて歩き始めた。必死になって私と歩調を合わせる彼女は、見ていて愛らしい。

本当は、もっとゆっくり歩きたいけれど。そんなことをしたら、露骨すぎるから。

私はいつもと同じように、無遠慮に見せかけて歩き続けた。

駅はそう遠くない場所にあるから、すぐに辿(たど)り着いてしまう。私は傘を折り畳んで、もう一度バッグにしまった。

改札を通って、二人で駅のホームに並ぶ。

電車が来るまで、あと二分。

私はわかばにかけるべき言葉を探したが、結局何も見つからなかった。

「ねえ、梅園」

「何」

「梅園は夏の行事で、何が一番好き?」

「別に、何も好きではない。……わかばは?」

「私? 私は……祭りかな」

まつり。

その響きが、嫌だった。

茉凛は夏の行事じゃないから、文脈的に違うとわかっている。でも、わかっていても心が追いつかない。だって、わかばが茉凛のことを好いているのは確かだから。

私はそっと、わかばの顎に手を当てた。そのまま、彼女の柔らかな唇に親指を当てる。

キスするときとはまた違った感触が、指から伝わってきた。

「わかば。まつりよりいいもの、私が教えてあげる」

「梅園？」

「だからまつりのこと、好きじゃなくなって」

そんなの無理だって、わかってはいる。好きなものが増えても、元々好きだったものを嫌いになるわけではない。

わかばは澄んだ瞳で、私を見つめている。

私はその瞳を見つめ返した。

「できるものなら、してみればいいじゃん。どうせ、私には拒む権利なんてない」

「……そ。じゃあ、覚悟して」

私はわかばの心を奪いたい。

嫌われて、憎まれて、拒まれて。そうして彼女の心に消えない傷を負わせて初めて、私は彼女の心を奪える。彼女の一番になれる。

だからもっと、もっと嫌われることをしないと、と思う。

中途半端に好かれようとせずに、徹底的に。

それができるかどうかは、わからないけれど。

私は彼女の唇の感触を確かめながら、これからどうするべきかを考えた。やっぱり私の心はぐちゃぐちゃで、答えを出すには不安定すぎたけれど。

あとがき

初めまして！　この度第28回スニーカー大賞にて金賞を受賞しました、ぽめぞーん改め犬甘（いぬかい）あんずと申します。

ペンネームからもわかるかもしれませんが、私はわんちゃんが好きです！　その中でもポメラニアンが大好きです！　なのでペンネームを変えても犬要素は残すことにしました。

本作がデビュー作ということで、あとがきを書くのも初めてなので少し戸惑っています。受賞してからずっと「あとがきって何を書けばいいんだろう……」と思いながら、いろんな本のあとがきを見てきましたが、結局今もわからないままです。

なので、とりあえずこれまでの経緯をお話しします！

ある日突然小説を書くことに目覚めた私は、そのまま数年間細々と小説を書いてきました。そしてこれまたある日突然「本気で作家を目指してみよう！」と思い立ち、小説漬けの日々が始まったのです。

とりあえず最初は自分の読みたいものを好きに書いてみようと思い、私は三作品をせっせと書き上げてカクヨムに投稿することにしました。本当に読みたいものだけを詰め込んだ作品、私の好きな時間逆行の要素が入った作品、特殊な設定の作品……。

ほぼ同時期に書き上げたこれらの小説の中で、今回スニーカー大賞に応募し、金賞をいただいたのは一作品目……本作でした。

自分の読みたいもの、好きな要素をこれでもかと詰め込んだ本作で受賞できたこと、本当に嬉しく思います。

さて、そんな本作ですが、性格最悪な幼馴染に振り回されるお話が読みたいなぁ……という発想から始まったので、そんな感じのお話になっている……はずです！

幼馴染というのは不思議なもので、性格が正反対でも、趣味が全く合わなくても、どうしてか付き合っていけるものです。ほとんど家族みたいなものだけど、でも、やっぱり他人は他人。そんな微妙な距離感をうまく書けたらいいな、と思って頑張っています。

変なところで思い切りがいいけれど不器用な小牧。基本的に単純だけど小牧のことになると面倒臭くなるわかば。そんな二人を可愛いと思っていただけたら嬉しいです。

個人的に幼馴染という関係性がすごく好きなので、これからも書いていけるといいなと思っております。

そして、ありがたいことにコミカライズを連載していただけることになりました。

２０２４年の２月にヤングエースＵＰにて連載予定で、作画はコナタエル先生が担当してくださります！

まさかいきなりコミカライズのお話をいただけるとは思わず、非常に驚いております。コミカライズが決定してから今まで、ずっとドキドキしっぱなしです。同時に、すごく嬉しくもあり、コナタエル先生の可愛らしい絵でコミカライズされるのが今からとても楽しみです！

コナタエル先生、本作を担当してくださりありがとうございます。これからよろしくお願いいたします！

また、推薦コメントを仲谷鳰（なかたににお）先生、みかみてれん先生からいただきました。どちらもとても素敵なコメントで、何度も見返しては一人喜びを嚙（か）み締めております。お二方に作品を読んでいただき、コメントまでしていただけたこと、本当に嬉しく思います。

仲谷鳰先生、みかみてれん先生、コメントありがとうございました！

たくさんありがたいお話をいただいて恐縮ですが、これからもできる限り頑張っていきたいです！

最後になりますが、未熟な私にアドバイスをくださり、また、作品のためにご尽力いただいた担当編集様、素敵なイラストを描いていただいたねいび先生、コミカライズを担当していただくコナタエル先生、推薦コメントを書いてくださった仲谷鳰先生、みかみてれん先生、いつも応援してくださっている皆様、本作を手に取ってくださった皆様、および本作に携わってくださった全ての皆様に、この場を借りて深く御礼申し上げます。

いつかまたお会いしましょう！　それでは！

性悪天才幼馴染との勝負に負けて初体験を全部奪われる話

著　犬甘あんず

角川スニーカー文庫　23920

2023年12月１日　初版発行

発行者　山下直久

発　行　株式会社KADOKAWA
〒102-8177 東京都千代田区富士見2-13-3
電話　0570-002-301（ナビダイヤル）

印刷所　株式会社暁印刷
製本所　本間製本株式会社

●お問い合わせ
https://www.kadokawa.co.jp/（「お問い合わせ」へお進みください）
※内容によっては、お答えできない場合があります。
※サポートは日本国内のみとさせていただきます。
※Japanese text only

Printed in Japan　ISBN 978-4-04-114467-1　C0193

★ご意見、ご感想をお送りください★

〒102-8177 東京都千代田区富士見 2-13-3
株式会社KADOKAWA　角川スニーカー文庫編集部気付
「犬甘あんず」先生
「ねいび」先生

［スニーカー文庫公式サイト］ザ・スニーカーWEB　https://sneakerbunko.jp/

本書は、第28回スニーカー大賞で金賞を受賞したカクヨム作品「性悪天才幼馴染との勝負に負けて初体験を全部奪われる話」を加筆修正したものです。

角川文庫発刊に際して

角　川　源　義

第二次世界大戦の敗北は、軍事力の敗北であった以上に、私たちの若い文化力の敗退であった。私たちの文化が戦争に対して如何に無力であり、単なるあだ花に過ぎなかったかを、私たちは身を以て体験し痛感した。西洋近代文化の摂取にとって、明治以後八十年の歳月は決して短かすぎたとは言えない。にもかかわらず、近代文化の伝統を確立し、自由な批判と柔軟な良識に富む文化層として自らを形成することに私たちは失敗して来た。そしてこれは、各層への文化の普及滲透を任務とする出版人の責任でもあった。

一九四五年以来、私たちは再び振出しに戻り、第一歩から踏み出すことを余儀なくされた。これは大きな不幸ではあるが、反面、これまでの混沌・未熟・歪曲の中にあった我が国の文化に秩序と確たる基礎を齎らすためには絶好の機会でもある。角川書店は、このような祖国の文化的危機にあたり、微力をも顧みず再建の礎石たるべき抱負と決意とをもって出発したが、ここに創立以来の念願を果すべく角川文庫を発刊する。これまで刊行されたあらゆる全集叢書文庫類の長所と短所とを検討し、古今東西の不朽の典籍を、良心的編集のもとに、廉価に、そして書架にふさわしい美本として、多くのひとびとに提供しようとする。しかし私たちは徒らに百科全書的な知識のジレッタントを作ることを目的とせず、あくまで祖国の文化に秩序と再建への道を示し、この文庫を角川書店の栄ある事業として、今後永久に継続発展せしめ、学芸と教養との殿堂として大成せんことを期したい。多くの読書子の愛情ある忠言と支持とによって、この希望と抱負とを完遂せしめられんことを願う。

一九四九年五月三日

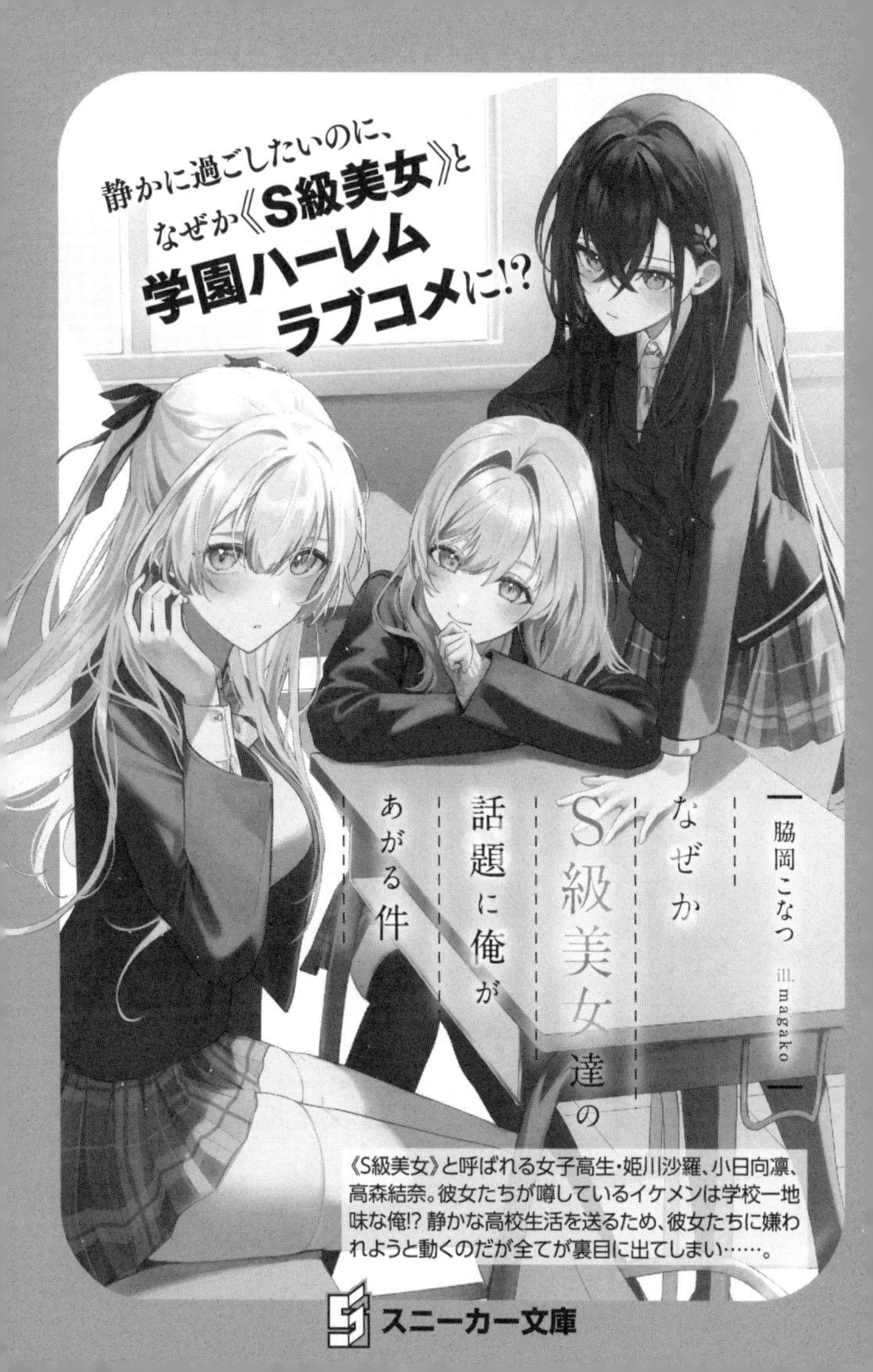
静かに過ごしたいのに、
なぜか《S級美女》と
学園ハーレム
ラブコメに!?
なぜか
S級美女達の
話題に俺が
あがる件
脇岡こなつ
ill. magako
《S級美女》と呼ばれる女子高生・姫川沙羅、小日向凛、高森結奈。彼女たちが噂しているイケメンは学校一地味な俺!? 静かな高校生活を送るため、彼女たちに嫌われようと動くのだが全てが裏目に出てしまい……。
スニーカー文庫

黒雪ゆきは
Kuroyuki Yukiha
画｜魚デニム
ill.Uodenim

極めて傲慢たる悪役貴族の所業

The Deeds of an Extremely Arrogant Villainous Noble

カクヨム
《異世界ファンタジー部門》
年間ランキング
第1位

悪役転生×最強無双――
その【圧倒的才能】で、
破滅エンドを回避せよ！

俺はファンタジー小説の悪役貴族・ルークに転生したらしい。怪物的才能に溺れ破滅する、やられ役の“運命”を避けるため――俺は努力をした。しかしたったそれだけの改変が、どこまでも物語を狂わせていく!!

スニーカー文庫

隣の席のヤンキー清水さんが髪を黒く染めてきた
底花 イラスト ハム
Story by Teika Art by Hamu
お前のために髪を黒く染めたんだから……、
気づけよな。
1巻発売即重版!!
「髪染めたんだね」「ああ」「どうして髪染めたの?」「なんでって、昨日お前が……」僕の隣の席に座る金髪から黒髪に染めたヤンキーJK・清水さん。その後も一緒に料理したり、お弁当をくれたりするのだけど……。
スニーカー文庫